하루의 책상

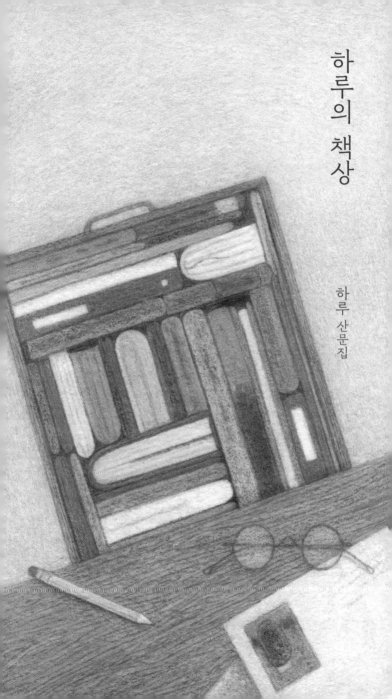

하루의 책상

하루 산문집

얼마 전 '허버리움Herbarium'이라는 단어를 배웠다. 식물을 의미하는 'Herb'에 장소나 공간을 뜻하는 접미사 '–rium'이 더해진 이 단어는 식물의 표본을 모아놓은 공간을 가리킨다. 미국을 대표하는 시인인 에밀리 디킨슨은 평생을 가족과 함께 홈스테드에서 살았다. 홈스테드는 1만여 제곱미터 크기의 부지로, 저택과 헛간을 제외한 나머지 공간이 모두 식물들로 이루어진 거대한 정원이었다. 그는 대형견 '카를로'와 이곳을 산책하며 계절이 바뀔 때마다 달라지는 자연을 관찰했다. 그리고 4백여 종의 꽃을 얇은 종이 위에 옮겨 담았다.

하버드 대학교 호튼Houghton 도서관 사이트에서 그가 남긴 66페이지의 허버리움을 열람할 수 있다. 에밀리 디킨슨은 페이지마다 자신이 원하는 대로 레이아웃을 정해 채집한 식물을 배치하고, 하얀색 마스킹테이프를 얇게 잘라 조심스럽게 고정했다. 마지막으로 길게 자른 마스킹테이프에 학명 또는 원하는 이름을 적어 아래쪽에 붙여두었다. 종이 위에 모여 있는 식물들은 이파리의 자세한 무늬, 꽃잎과 꽃받침, 때로는 암

술과 수술까지도 확인할 수 있어서 19세기 중반에 제작된 것이라고 믿기 힘들 정도다.

내게 에밀리 디킨슨은 은둔의 시인이었다. 하얀색 드레스 차림을 고수하고, 집 밖으로 나가지 않으며, 사회와 단절된 채 평생을 살아간 시인. 자신이 쓴 시를 세상에 내보이기를 거부해서 죽은 뒤에야 그가 천 편이 넘는 시를 썼다는 사실이 알려질 수 있었다. 이런 사실들 때문에 흑백사진 속 입을 꾹 다물고 있는 모습이 아닌 다른 모습을 상상하기가 어려웠다.

그러나 허버리움에는 새로운 세계와 지식을 향한 열정이 드러난다. 그는 브라질, 이탈리아, 볼리비아, 탄자니아 등 세계 여러 나라에서 건너온 식물들에 관심을 가지고 있었다. 알고 보니 식물과 세계 지리, 자연에 관한 글을 꾸준히 찾아 읽으며 공부했다고 한다. 시에서 유럽이나 아프리카 지명이 등장하는 것이 그의 삶과 어울리지 않는다고 느낀 적이 있었는데, 이 사실을 알고 궁금증이 풀렸다. 주변 사람들에게 꽃을 자주 건넸다는 사실도 인상적이었다. 그는 시만큼 많은 양의 편지를 지인들과 주고받았다. 편지를 보낼 때 꽃을 동봉하며, 이 꽃을 고른 이유에 대해 적었다. 때로는 정원에서 구한 꽃을 모아 꽃다발로 만들고, 그 속에 시를 적은 쪽지와 함께 보내곤 했다. 꽃과 시는 그가 다른 사람들과 소통하는 중요한 통로였다.

　　정원가 에밀리 디킨슨, 그리고 그의 허버리움은 완전히 다른 모습을 상상하게 만든다. 이제 막 시작하는 초보 식집사로서 작은 화분 두 개를 지키는 데도 신경 써야 할 것들이 많은데, 그가 관찰하고, 돌보는 세계는 얼마나 광활했을지. 에밀리 디킨슨은 홈스테드 안에서만 생활했지만, 좁고 폐쇄적인 삶만을 살지 않았다. 타고난 심성, 섬세한 감각과 문학적 재능, 여러 병을 가지고 있었던 어머니를 돌봐야 하는 현실과 사회적으로 당연히 여겨졌던 종교·교육·결혼관과 다른 또렷한 주관까지. 이런 여러 가지 요인 때문에 자신이 원하는 곳에 에너지를 쏟기로 결심하고, 종이 위에서 그것을 지키기 위해 싸우는 모습이 그려진다.

여백이 많은 종이 위에 원하는 대로 식물을 배치하고 모아놓은 페이지들을 보고 나는 독서노트를 떠올렸다. 독서노트를 쓰기 시작한 지 1년 정도 되었을 때 "기록한 걸 다시 보나요?"라는 질문을 받은 적이 있다. 질문을 듣고 나는 잠시 멍해졌다. 그때까지 과거에 기록했던 독서노트를 펼쳐본 적이 없었다. 다시 보지 않을 기록을 왜 하는 걸까? 누군가 내게 건넨 질문 덕분에 지금까지 기록한 노트들을 펼쳐보았다.

처음에는 충동적으로 쓰기 시작했다. 언제 얼마만큼 작성해야겠다는 목표도 없었다. 다만 써야겠다는 생각이 들었다. 때로는 활자로, 때로는 그림의 형태로 감상을 기록했다. 어떤 책은 활자와 그림을 섞어서 기록하기도 했다. 기록은 내가 보낸 시간의 일부 같았다. 어떤 생각을 하고, 어떤 느낌을 느꼈는지 보여주는 조각들 같아서 그것이 곧 나의 일부로 느껴지기도 한다. 노트 속 페이지마다 '나'들이 유물처럼 남아 있다고 생각하면 징글징글했다. 어쩌면 그래서 다시 보지 않은 것 아닐까? 어느 시절의 일기는 다시 펼쳐보지 못하는 것처럼.

시간이 흐르면서 독서노트의 기록도 변하기 시작했다. 예전에는 A5 크기의 페이지를 그대로 쓰거나 반으로 나누어서 기록했는데, 지금은 두 페이지를 펼쳤을 때 가로로 삼등분해서 기록하기를 좋아한다. 예전에는 그림과 활자가 섞여 있는 기록을 자주 했었는데, 지금은 독립된 페이지에 표지를 따라 그리는 경우가 더 많다. 활자로 기록하는 페이지도 공간을 자유롭게 쓰는 경우가 많았는데, 지금은 정해진 내용을 체계적으로 정리하듯이 기록하는 것을 좋아한다.

지금까지 쓴 독서노트를 훑어보면서 노트 속의 기록이 흐르는 물처럼 느껴졌다. 내게서 나와 종이 위를 지나 어디론가 흘러가는. 시인이 식물의 조각들을 모아서 종이 위에 자신의 세계를 만들었고, 그 결과가 한 글자, 한 글자 눌러 담은 시가 되었다면 나는 책의 조각들을 모아서 종이 위로 옮겼고 그건 나를 비워내는 과정이있던 것 같다. 비워낼 필요가 있었다. 그래야 새로운 것들을 받아들일 수 있으니까.

원고를 쓰는 과정도 비슷했다. 처음 출판사의 제안을 받았을 때는 설명서를 따라가듯 미리 주제를 정해놓고 써 내려가면 금방 한 권의 책이 완성될 줄 알았다. 그러나 그렇게 간단한 일이 아니었다. 우르르 글자를 쏟아냈다가 모두 지우기를 반복하며 많은 날을 보냈다. 오히려 읽고 기록하기에 어느 때보다 열중하게 됐다. 듣고 싶은 강의를 듣고, 읽고 싶은 책을 읽고, 비슷한 질문을 가지고 있는 사람들을 모아 독서 모임을 열었다. 더 많은 사람과 책 이야기를 나누는 자리라면 새로운 도전도 망설이지 않았다. 그러다 글을 써야겠다는 생각이 찾아오면 하고 싶은 이야기를 적어 내려갔다.

돌아보니 어느새 3년이라는 시간이 흘렀다. 3년 전의 나와 지금의 나는 완전히 다른 사람처럼 느껴진다. 가장 크게 변한 점을 꼽자면 때때로 찾아오는 부정적인 감정에 조금 더 너그러워진 것. 예전의 나는 부족한 점이 드러날 때마다 크게 속상했다. 누구보다도 냉정하게 반응하고 자신을 질책하며 그 감정을 키워나갔다. 나보다 나를 정확하게 아는 사람은 없을 거라는 말을 되뇌며 집요하게 스스로를 싫어했는데, 이제는 그것이 나의 전부가 아님을 이해하고 거리를 둘 수 있게 되었다. 글을 쓴 덕분이었다. 종이 위에 옮긴 이야기 속 나에게서 조금씩 떨어져 나올 수 있었다.

노트는 아무 말도 하지 않는다. 첫 장을 열기 전까지. 깨끗하고 평화로워 보이는 종이는 치열한 싸움이 이어지고, 복잡한 감정들이 넘실대는 공간이 될 수 있다. 이렇게 생각하니 무엇이든 쓸 수 있었다. 다른 목소리를 만나 나를 비워내고 노트를 채워나갈 수 있었던 것처럼 이 책이 누군가에게 그런 힘이 되면 좋겠다.

2024년 4월
하루

책상 밑에 쓴 편지

짝
사
랑

나는 짝사랑을 잘한다.

사랑에 빠질 대상을 찾는 것은 그렇게 어렵지 않다. 사소한 것일지라도, 단 하나의 이유만 있으면 된다. 좋아하는 사람이 생기면 학교에 가는 것이 즐거웠고 힘든 일이 있어도 잠시 머리를 식힐 수 있었다. 좋아하는 마음을 돌려받으려고 하지 않는다면 마음이 훼손될 이유도 없다. 그런 면에서 짝사랑은 조금 비겁한 방식의 사랑이지만, 아무에게도 해를 끼치지 않고 누릴 수 있는 혼자만의 평화이기도 했다.

오랜 시간 어디서든 짝사랑할 대상을 기어코 찾아냈다. 새로운 공간으로 이동하면 자연스레 마음이 멀어지고 또 다른 대상을 찾아 헤맸다. 가장 오랫동안 흔들리지 않고 짝사랑해온 것이 문학이다.

시작은 중학교 때부터였다. 어떤 작품에 빠져들었는지, 어느 순간 몽글몽글한 감정이 가슴 안에서 새어 나왔는지, 자세하게 기억나지 않지만 그냥 좋았다. 국어 시간이 좋았고, 국어 시간에 읽는 글들을 좋아했고, 혼자 책을 읽는 시간도 좋았다. 문학을 짝사랑하는 건 큰일이었다. 아무리 읽어도 아직 읽어보지 않은 책들이 가득 남아 있었다. 출구 없는 개미지옥에 빠져 허

우적거릴 수밖에.

학교 도서관은 건물 꼭대기 구석에 자리 잡고 있었다. 기역 자로 큰 창이 나 있어서 창가에 자리를 잡고 앉으면 햇살이 온몸을 감쌌다. 어떤 날은 책을 읽다 잠들기도 하고 어떤 날은 앉은 자리에서 몇 권이나 읽어나가기도 했다. 높고 넓은 도서관에 떠다니는 특유의 서늘한 공기, 여러 명이 나란히 앉을 수 있는 드넓은 책상이 주는 공간감, 딱딱한 의자에 불편하지만 딱 맞게 기댄 몸. 그 순간을 회상하면 이런 감각들이 생생하게 떠오른다. 왼손 너머에는 욕심내어 여러 권 챙겨 온 책들이 쌓여 있고 헌책의 페이지를 부드럽게 넘기는 동안 그 자리를 감싸는 따뜻한 빛.

한여름, 도서관에 사람들이 없을 때는 가장 구석진 책장 사이에 엎드려 책을 읽었다. 유행하던 공포 소설에 빠져들어 페이지를 넘기다 보면 바닥의 냉기가 배에서부터 온몸으로 서서히 번졌다. 오싹한 이야기를 읽으며 느낄 수 있었던 기분 좋은 서늘함. 그럴 때는 아무런 걱정이 없었다. 재미있는 이야기와 이야기 속으로 기꺼이 들어가려는 의지. 그것만 있으면 시간이 아름답게 흘렀다. 잘 만들어진 세계 속으로 독자를 끌어들이는 힘. 그것이 문학, 그중에서도 소설이 가진 힘이라고 생각한다. 그런 책을 만나면 잠시 내가 발을 딛고 있는 현실로부터 자유로워질 수 있다.

에드거 앨런 포의 단편 소설을 읽던 날은 조금 달랐다. 방과 후 수업을 듣는 중이었다. 처음에는 엎드려서 읽기 시작했다가 점점 바른 자세로 고쳐 앉았다. 그만큼 내용에 빠져들었다. 선생님이 설명하는 부분을 훌쩍 뛰어넘어 다음 장면, 그다음 장면을 계속 읽어 나갔다. 이웃을 살해한 뒤 시신을 자기 집 마룻바닥 아래에 묻어놓은 살인범의 심리를 너무나도 생생하게 그린 작품이었다. 경찰이 찾아오자, 그는 마룻바닥 아래에서 심장박동 소리가 들리는 것 같은 환청을 듣는다. 흥분과 조바심. 경계와 의심. 여러 가지 감정들이 뒤섞여 고조되고 마룻바닥 아래에서 들려오는 소리인지 살인범의 심장이 뛰는 소리인지 모를 박동이 생생하게 느껴졌다.

책을 읽는 동인 몸을 감싸던 온기, 등 뒤로 흐르던 서늘함, 바닥을 타고 전해지는 두근거림. 이런 입체적인 감각이 아직도 또렷하게 떠오른다. 중요한 기억들이 모두 그러하듯이. 그리고 언제나 나를 다시 책으로 돌아가게 만든다.

문학을 좋아하는 마음이 점점 커지면서 고민에 빠졌다. 어떻게 하면 문학을 '하는' 사람이 될 수 있을까. 수업을 들으면서도, 친구들과 깔깔거리며 대화를 나누다가도, 밥을 먹다가도, 혼자 생각할 수 있는 시간이 오면 질문에 몰두했다.

문제는 내가 문학을 짝사랑한 지 너무 오래되었다는 것이다. 좋아하는 대상에서 멀리 떨어져 그 마음을 키워 가다 보면 대상을 마음대로 이상화하게 된다. 어떤 대상이든 절대적으로 이상화하거나 실망할 필요가 없다는 걸 지금은 알고 있지만, 그때는 몰랐다. 문학과 문학을 하는 사람을 모두 나와 다른 세계의 것이라고 선을 그었다. 아무에게나 허락되지 않는, 재능을 지닌 선택받은 사람들만 들어갈 수 있는 세계.

고민이 깊어질수록 더 자주 책을 찾았다. 책 읽기는 현실 도피할 수 있는 매력적인 수단이니까. 해야 할 일이 산더미일 때 미뤄두었던 책이 술술 읽힌다. 여행가서 이런 책들을 읽어야지, 하고 야심 차게 여러 권을 챙겼다가 정작 한 권도 못 읽고 돌아올 때는 여행이 그만큼 재미있었다는 말인 것처럼. 고민에 대한 답을 쉽게 정할 수 없었던 시기를 책을 읽으며 유예했다.

도피성 짝사랑이 보통 어떻게 끝나더라? 대부분 특별한 진전 없이 시간이 흐르고 자연스럽게 끝을 맞이한다. 문학이 너무 좋은데 어떡하지? 라는 질문으로 오랫동안 고민한 결과, 쓰는 사람이 되는 것을 포기하기로 했다. 시작도 해보지 않고 머릿속으로만 저울질한 결과였다. 간절히 원하는 것이 있다면 욕심을 내어서 어떻게든 쟁취하는 것보다 기대하지 않고 상처를 받을 일이 없도록 포기하는 편이 낫다고 생각할 때였다. 내가 먼저 나를 막았다.

넌 못 해, 그러니까 거기까지만.

대신 쓰는 사람이 되지 못한다면 많이 듣고 많이 읽는 사람이 되자고 생각했다. 다양한 이야기에 귀를 기울이는 사람, 그런 이야기를 발견하고 전달할 수 있는 사람. 아무에게도 꺼내놓지 않고 결론을 내렸다. 내 안의 검열관이 절대적인 힘을 가지고 있을 때였다.

대학을 졸업하고선 책을 거의 읽지 않았다. 필요한 책이 아니면 찾아 읽을 일이 없었고 가끔 비문학 서적만 펼쳐보았다. 국내 소설은 실수로라도 읽는 일이 없었다. 누가 물으면 이렇게 말했다.

"너무 가까운 이야기는 읽고 싶지 않아서요."

그렇게 말할 때는 몰랐다. 내 이야기와 비슷한 장면을 읽는 것이 불편한 이유를. 현실을 버텨내려면 감정을 최대한 절제하고 살아야 했는데 책을 읽으면 자꾸만 감정이 필요 이상으로 넘실거렸다. 그러다 넘쳐 흘러버리면 어떻게 될지 두려웠다. 그래서 피하고 또 피했다.

그렇게 오랜 짝사랑이 끝났다고 생각했는데 끝이 아니었다. 몇 년 전부터 다시 책을 읽기 시작했다. 시집도 읽고 소설도 읽기 시작했다. 외면했던 시간만큼 모르는 작가와 작품이 쌓여서 한번 손에 쥐기 시작하니 끊임없이 읽게 되었다. 허구의 세계에서 일어나는 이야기를 읽는 것도 이야기를 발견하고 듣는 일이라는 걸 알게 되었다. 하나의 이야기에는 수많은 사람들의 이야기가 버무려져 함께 담겨 있었다. 작품은 질문을 던지며 그것에 대해 생각하게끔 만들고 마음에 여운을 남겨 자꾸만 걸려 넘어지게 만든다. 그럴 때마다 나는 살아 있음을 느꼈다.

직장을 그만두고선 시 창작 수업에 등록했다. 수

업에서 정해진 기간 관찰 일기를 써서 제출하는 과제가 있었다. 그때 처음으로 문학을 짝사랑해왔다는 이야기를 적어보았다. 문학을 너무 좋아해요. 소리 내어 말하는 순간 영원히 이루어지지 않는 일방적인 관계로 고정되어 버릴까 봐 줄곧 마음에만 담아둔 말이었다. 나의 고백을 읽고 시인은 다정한 답장을 남겨주었다. 당신은 아직도 짝사랑 중이라고, 앞으로도 짝사랑을 쭉 이어가기를 응원한다고, 멀리서 쏘아 올린 신호탄처럼 아주 작은 빛이 되어 돌아오는 찰나들도 있다고.

그 뒤로 당당하게 고백하는 사람이 되기로 했다.

"저는 문학을 좋아합니다! 아주 많이 편애해요!"

좋아하는 마음 다음에 무엇이 와야 할지는 크게 신경 쓰지 않기로 했다. 앞으로 우리의 관계가 어떻게 달라질 수 있을지는 모르겠지만, 나는 지치지 않고 오래 좋아하고 싶다.

좋아하는 걸 좋아한다고 크게 말하며.

어릴 적 방문을 열면 책상이 가장 먼저 눈에 들어왔다. 노랗고 네모나고 귀여운 코끼리 이미지가 마스코트처럼 그려져 있던 책상.

앞면은 막혀 있고 그 위로 책꽂이가 솟아 있어 누군가는 답답하게 느낄 수도 있는 디자인이었지만 내게는 그보다 아늑한 곳이 없었다. 누구도 침범할 수 없는 나만의 공간이었으니까. 밖에서 어떤 일이 벌어져도 문을 닫고 책상 앞에 앉으면 오롯이 혼자가 되었다. 책상에서 보내는 시간을 좋아하기 시작한 것은 그때부터였다.

책상에 앉아 있으면 아무도 나를 건드리지 않았다. 그곳에 앉아 있는 시간을 곧 공부하는 시간으로 여겼기 때문일까. 어른들은 내 방에 들어오려다 책상에 앉아 있는 뒷모습을 보고 조용히 방문을 닫았다. 공부하는 애는 놔둬라, 이런 말을 듣는 건 예삿일이었다. 하고 싶지 않은 일을 피할 수 있는 묘책. 복잡한 문제로부터 한 걸음 물러나 있을 수 있는 피난처. 나는 책상에 앉아서 보내는 시간이 가진 힘을 알았다. 공부하는 척하고 아무것도 하지 않는 시간이 더 많았다. 주로 그럴싸한 책을 한 권 골랐다. 매일 조금씩 다른 책으로. 아무 페이지나 펼쳐놓고 그 위에 정말로 원하는 것을 꺼냈다. 몰래 챙겨온 만화책이나 정말로 읽고 싶었던 책을 꺼내 읽거나 누군가에게 보내는 편지를 쓰거나.

아무것도 안 할 때도 있었다. 가만히 있는 것처럼 보이는 순간에도 머릿속은 누구보다 바빴다. 나는 지금 뭘 하는 걸까, 언제까지 이곳에서 보내야 할까. 어제 꿈속에 나온 검은 그림자는 누구였을까, 아니, 그건 정말 꿈이었을까? 오늘 그 친구의 행동을 어떻게 받아들여야 할까, 내일 학교에 가면 어떻게 해야 할까.

그러다 책상의 아랫면을 발견했다.

책상 위에는 책과 필기구가 가지런히 놓인 세계가 있다면 책상 아래에는 아무도 들여다보지 않는 거친 나무 표면이 기다리고 있었다. 과외 선생님과 나란히 앉아 설명을 듣거나 책을 읽다가 떠오르는 생각을 책상 아래에 낙서하기 시작했다. 때로는 의식의 흐름을 따라 아무 의미 없는 곡선들을 여러 방향으로 그리기도 하고 때로는 지금 집중하고 있는 감정을 알아볼 수 없는 글씨로 끄적이기도 했다.

책을 읽다 보면 읽고 있는 페이지나 문장과 상관

없이 특정 단어가 머릿속에 남아 자꾸만 맴돌 때가 있다. 그럴 때는 책상 아래에 그 단어를 수없이 반복해서 썼다. 어떤 말이든 몇 번이고 써도 좋은 그곳을 책상의 뒷면이라 불렀다. 그곳에는 가장 솔직한 내면이 무방비하게 담겨 있었다.

그즈음 누군가 내 방에 들어오는 악몽을 꿨다. 깜깜한 밤 조용히 문이 열리고 아무것도 보이지 않아 아래를 내려다보면 누군가 네 발로 기어서 책상 아래를 살펴보는 꿈. 마음속 깊은 곳의 잔재를 낱낱이 들여다본 그가 나를 노려보며 나는 다 봤어, 라고 말하는 꿈. 검은 형체는 바닥에 드러누운 채로 노려볼 때도 있고 천천히 일어나 고개만 돌려 노려볼 때도 있었다. 얼굴이 보이지 않아도 무서운 표정이라는 것은 알았다. 누구인지 모를 그에게 모든 것을 들켜버리는 꿈을 꾸고 나면 한참을 우두커니 앉아 있었다.

시간이 흐르며 그곳에 남기고 싶은 말들이 길어지기 시작했다.

이를테면 철봉에 거꾸로 매달려 부모님과 함께 입학식에 온 양 떼 같은 친구들을 바라보며 느꼈던 감정. 버림받지 않으려면 사랑받아야 한다고, 혹은 사랑받지 않으면 버림받는다고 생각할 때마다 발밑이 까슬까슬하게 느껴졌던 순간들. 그리고 누군가에게 버려지기 전에 먼저 그를 버려야 한다고 생각했던 날카로운 마음들까지. 책상의 뒷면에 그림 그리듯 휘갈겨 쓸 수 없는 것들이었다.

일기를 쓰기 시작했다. 오늘은 이런 날이었고 무엇을 했습니다, 같은 일기가 아니라 나를 괴롭히는 마음, 내가 가장 오래 생각하는 것에 대해 쓰기 시작했다. 정해진 요일마다 학교에 일기장을 제출하던 시절이었는데 그것이 오히려 힘이 되었다. 누군가 이 글을 읽는다고 생각하면 조금씩 기대를 하게 되었다.

내 마음이 전달될 것이다, 조금이라도 이해받을 수 있을 것이다, 같은 기대.

어릴 적 나를 가장 힘들게 만들었던 건 가족 관계였다. 가족은 너무나 복합적이고 모순적인 집단이었다. 서로를 증오힐 때와 필요로 할 때의 간극이 너무 멀고 깊어서 어떻게 받아들여야 할지 몰랐다. 발 딛는 곳마다 견딜 수 없는 모순이 폭탄처럼 놓여 있었다. 아무렇지도 않게 못 본 척 넘기지 못했던 나는 어쩔 줄 모르고 많이 울었다. 하루는 일기장에 그런 마음을 빼곡히 적었다. 책상 위에 올려놓고 침대에 누웠다. 내가 잘 잠들었는지 확인하러 들어온 누군가 일기장을 펼쳐 읽는 소리가 들렸다. 심장이 터질 것 같았다. 일기장이 다시 제자리로 돌아가고 방문이 닫히는 소리가 났다. 깜깜한 어둠.

나는 다시 혼자가 되었다.

책상의 뒷면에 써 내려갔던 마음을 누군가 알게 된다면, 그가 나를 찾아와 네가 이런 말을 했니? 하며 도끼눈을 뜨고 노려볼 것만 같았지만 ─ 실제로는 아무런 일도 일어나지 않았다. 나는 일기장을 그대로 학교에 제출했고 담임선생님은 '참 잘했어요' 도장과 함께 응원이 담긴 몇 문장을 적어주었다.

다른 일기를 썼을 때와 다르지 않은 문구를 보고 어떤 생각을 했나. 그건 정확하게 기억나지 않는다. 다만 그 무렵부터 두 개의 일기장을 쓰기 시작했다. 하나는 제출하는 것, 하나는 아무에게도 보여줄 수 없는 것.

언젠가부터는 아무것도 쓰지 않는 사람이 되었

다. 너무 날것의 마음을 두려워하게 되었다. 그래서 마음을 있는 그대로 꺼내는 것도 망설이게 되었다. 표현하는 것보다 표현하지 않는 것이 훨씬 더 많은 사람이 되었고 어쩌면, 속이 타들어 가는 부끄러움을 느끼면서도 입으로는 세상에는 어쩔 수 없는 일도 있어, 라고 말하는 사람이 되었다.

책상의 뒷면을 들키는 악몽이 누군가 그곳을 들여다 봐주길 원하는 마음에서 비롯된 것일 수도 있다는 생각을 한다. 아무에게도 보여줄 수 없다고 생각한 마음을 보여주는 날이 오기를 기다리며 살아온 것 같다는 생각도. 누군가와 함께 좁은 책상 아래에 기어들어가 마구 휘갈겨 쓴 낙서들을 보며 나는 사실 이런 사람이라고 키득거리고 싶었다.

작년에 새로운 책상을 샀다. 책상을 사기로 결심한 후 어떤 색상이 좋을지, 크기는 얼마 정도면 좋을지 고민하다가 깨달았다. 어릴 적 방문을 열면 보이던 노란 코끼리 책상 이후로 나의 책상을 직접 고르는 것이 처음이라는 것. 그동안 기숙사와 풀옵션 원룸을 전전하면서 주어진 대로 살았다. 원룸을 벗어나서는 굳이 책상이 필요하다고 생각하지 않아 식탁이나 화장대에서 시간을 보냈다. 이제야 내가 원하는 책상을 고르면서 이곳에서 어떤 시간을 보낼지 구상하기 시작했다. 무엇보다도 책상의 앞면과 뒷면을 나눌 필요가 없는 시간을 보내야지. 누군가가 나의 마음을 알아봐주길 기대하기 전에 나부터 내 마음을 들여다보기로. 그런 마음으로 읽고 쓴다.

올봄에 읽은 책들 가운데 좋았던 것을 꼽아보니 모두 식물 이야기를 하고 있었다. 나는 영문학사에 길이 남을 작가의 드넓은 정원에 초대되었다가, 식물의 눈으로 세상을 바라보는 식물학자의 연구실을 방문했다가, 오랜 시간 우울증을 앓던 이가 식물을 관찰하며 내일을 살아갈 에너지를 얻는 이야기를 읽었다. 겨울의 끝에서 봄으로 넘어가는 동안 식물 이야기에 푹 빠져 있었다고 봐야겠다.

하루는 집 앞 화단에서 외로운 나무 한 그루를 발견했다. 3, 4월 이후 주변의 나무들이 일제히 푸른 가지를 뻗고 꽃을 피우기 시작했을 무렵이었다. 조금 이른 목련도, 화려한 벚꽃도 모두 지고 이제는 초여름을 준비할 시기. 창문에서 손을 뻗으면 닿을 만한 곳에 있는 나무가 눈에 들어왔다. 단단한 연회색 뼈대만 남아 고고하게 서 있었다. 혼자서 아직도 한겨울에 머무르고 있는 것처럼.

이 나무는 죽은 걸까. 화단에 들어가서 수변 나무들을 정리해줘야 하는 걸까. 식물에 대해서는 아는 것이 없지만 혼자 헐벗은 채로 봄을 지나치는 나무가 안쓰러워 이런저런 생각을 했다. 자고 일어나면 그 나무를 보고, 다음날 또 그 나무를 보고. 어쩌면 회색빛 단단함이 이 나무의 본질일지도 모르겠다는 생각을 하다 잠시 그 존재를 잊은 며칠, 비가 내렸다. 다음날 블라인드를 올리다 깜짝 놀랐다. 외로운 나무가 손바닥만 한 초록 잎사귀를 활짝 펼치고 있었다. 언제 그랬냐는 듯이 온몸으로.

알고 보니 그것은 때죽나무였다. 다른 나무들이 푸른 봄을 먼저 맞이하고 혼자 멈춰 있는 것처럼 보이던 순간에도 흔들림 없이 다음을 준비하고 있었던 때죽나무. 얼마 지나지 않아 하얀 꽃들이 주렁주렁 열렸다. 아래로 떨어지는 듯한 종 모양의 하얀 꽃 덕분에 영미권에서는 '스노우 벨 snow bell'이라고 부른다. 줄지어 피어난 꽃에 벌들이 바쁘게 찾아왔고 반려묘 '쏘이'는 한동안 창문 밖 벌들과 용맹하게 싸워댔다.

어떤 책은 새로운 세계를 발견하는 문이 된다. 식물 이야기가 담긴 책을 만나고 나는 조금 달라졌다. 매일 지나가던 길목의 나무들을 관찰하게 되었고 계절이 바뀔 때마다 찾아오는 꽃을 발견할 수 있었다. 산책하다가 눈에 띄는 식물이 있으면 사진을 찍어 어떤 나무인지 알아보았다. 죽은 줄 알았던 나무가 개화 시기가 늦은 때죽나무라는 것도 이미지 검색으로 알아낸 것이었다.

　　나는 독립 후 나의 공간에 다른 생명을 들이지 않았다. 나 하나만으로도 충분했다. 사회적으로 어울리는 사람이 되어야 한다는 내적 압박에 시달리며 긍정적이고, 발전적이고, 생산적인 에너지를 내뿜는 사람이 되려 했다. 그렇게 되기 위해 보이지 않는 애를 썼다. 그리고 집에 돌아오면 표정을 잃었다. 텅 빈 몸만 남아 쉬고 또 쉬었다.

　　돌이켜보면 그것을 쉬었다고 할 수 있을까. 아무런 소리도 나지 않는 적막한 방에서 나는 주로 준비를 했다. 밖으로 나가기 전에 미리 해야 할 것들. 맡겨진 것들을 제대로, 잘 해내고 싶었고 그러려면 대부분이 처음인 나는 준비해야 할 것이 많았다. 여유가 있을 때는 화제가 되는 프로그램이나 외국 드라마를 틀어놓고 웃거나 울거나 했디. 많은 시간을 누워서 보냈다. 인간은 너무 오랜 시간을 중력에 저항하며 보낸다고 투덜거리면서. 가만히 있어도 흘러가는 시간. 어떻게든 시간이 흐르면 텅 빈 나도 알아서 충전이 되는 거라고 생각했다. 가시가 많은 선인장을 두고 흔히 이렇게 이야기한다.

가만히 둬도 혼자서 잘 자란다고.

책을 읽어야겠다는 생각은 갑자기 찾아왔다. 문학을 전공하기도 했고 학교에서 문학 작품을 적극적으로 활용하며 아이들을 가르치고 있었지만 필요한 책들만 찾아 읽던 시절이었다. 1년에 서너 권, 그것도 가르치는 데 참고할 만한 것만 골라 읽었다. 한 달에 스무 권 내외의 책을 읽는 지금의 나를 아는 사람들에게 그런 시절이 있었다고 이야기하면 다들 의아해한다. 주어진 것만 겨우 해내는 일상을 살고 있다는 생각을 하며 하루를 마쳤는데 그날이 이미 지나온 날과 너무 닮아서, 앞으로 똑같은 날을 수백 번 반복하면 일년이 지나고 그것과 똑같은 날을 몇백 번 반복하면 수년이 훌쩍 지나 있을 것 같은 기분이 들 때 즈음. 그때부터 책을 읽기 시작했다.

책장에 꽂힌 책들은 고요하다. 아무런 소리를 내지 않고 움직이지 않는다. 누군가 자신을 열어줄 때까지. 책 속에 담긴 세상은 현실의 그것과 닮은 부분도,

그렇지 않은 부분도 있었다. 어느 쪽이든 거대한 은유로 읽혔다. 작가의 의도는 무엇일까, 나와 다른 경험을 지닌 사람들의 이야기를 귀 기울여 듣고 조금 더 다양한 이야기를 담은 책들을 찾아보았다. 익숙한 곳에서 벗어나 낯선 책을 찾아 읽으면서 나와 다른 존재를 발견하게 되었다.

나를 더욱 자세히 들여다보는 과정이기도 했다. 책에 등장하는 인물의 감정이 나의 그것과 비슷할 때도 있고 낯설 때도 있었다. 둘을 비교하면서 나의 내면에서 피어오르는 감정과 그 뿌리를 이해하게 되었다. 아무 생각 없이 흐르는 대로 몸을 맡기던 일상에서 생각하는 시간이 늘었다. 내 속에서 일어나는 변화를 관찰하고 발견하기까지 오랜 시간이 걸렸다.

식물에 관한 책을 읽고 난 후 길을 가다가 큰 나무를 만나면 고개를 들어 올려다본다. 어디까지 가지들이 뻗어 있는지 살펴보려고. 대개 나보다 몇 배나 더 높이 자랐고 나만 한 길이의 가지들을 사방으로 내보내고 있다. 심장에서 나온 피가 다시 심장으로 돌아오기까지 인간의 몸속에서 일어나는 혈액 순환을 생각해보면 커다란 나무의 내부에서는 그보다 수십 배는 더 크고 긴 에너지의 순환이 이뤄지고 있는 것이다. 겉으로 보기에는 이렇게 고요할지라도.

때죽나무는 우리 집 화단에서 가장 높고 우람한 나무가 되었다. 널찍한 이파리들 사이에 색이 변해 죽어가는 이파리도 보인다. 누가 무어라 하지 않아도 살아남기 위해서 어떤 것을 선택하고 포기해야 하는지 알고 있다. 서로 다른 초록색을 띠는 이파리들을 보면서 몇 개월 전에는 보이지 않던 것들을 실감한다. 때죽나무에 새와 곤충 들이 날아오면 쏘이가 우다다 뛰어가 맞이하고 나는 그 옆에 앉아 이파리들이 만든 그림자를 감상한다. 다음엔 무엇을 발견하게 될지 궁금하다.

"알아듣기 쉽게 말해봐."

　일어난 일을 명쾌하게 설명할 수 있는 사람이 있고 그렇게 되기까지 많은 시간이 필요한 사람이 있다면 나는 언제나 후자였다. 어떤 일이 있었고, 그것이 나에게 어떤 영향을 미쳤는지, 설명하는 게 쉽지 않았다. 빨리 이야기하라는 재촉을 받을 때마다 차라리 입 다무는 쪽을 선택했다.

　그래서 시를 읽고 싶었다. 어떤 시는 하고 싶은 말을 하려다가 만 것 같기도 하고, 어떤 시는 읽을수록 무슨 말을 하고 싶은지 아리송해진다. 누구나 알아들을 수 있는 말로 명쾌하게 설명하지 않는 말하기. 시집을 펼쳤을 때 글자보다 먼저 눈에 들어오는 광활한 여백은 입을 다물고 있는 나를 보는 것 같았다. 다른 방식의 말하기를 시도하는 목소리에 귀를 기울이는 마음으로 시를 읽기 시작했다.

　시집에 실려 있는 여러 편의 시에서 공통으로 등장하는 단어나 표현, 이미지를 모았다. 이렇게 모은 단서를 바탕으로 어떤 이야기를 하고 싶은 것인지 상상했다. 여백이 많다는 건 읽는 이가 상상할 수 있는 여지가 그만큼 많다는 의미였다. 셜록 홈즈는 의뢰인이 우연히 내뱉은 말 한마디에서도 단서를 찾고 벽지에 묻은 한 방울의 얼룩을 보고도 그곳에서 일어난 일을 그려낸다. 시를 읽을 때만큼은 나도 탐정이 되어 글자와 글자 사이, 행과 행 사이에 숨어 있는 단서를 찾고 이야기를 만들어냈다.

시 읽기가 재밌어졌다.

글자들 사이에 숨어 있는 관계를 발견할 때 짜릿함을 느끼기도 했다. 저는 이렇게 읽었어요, 하고 조심스럽게 이야기를 풀어놓으면 그렇게 읽을 수도 있군요, 하고 고개를 끄덕여주는 사람들이 늘어났다. 다양한 가능성을 열어두고 이야기를 나눈 뒤 시인에 대한 정보나 다른 해석을 찾아보면 그 시를 이해할 수 있는 더 많은 길이 보였다. 시집이 하나의 거대한 미로라면 그 속을 탐험할 수 있는 길이 늘어나는 기분이었다.

오해하는 연습을 통해 시를 더 잘 이해하게 되었다고 말하고 싶진 않다. 다만 정해진 답으로부터 자유로워졌다. 모두가 인정하는 답이 있고 나만 그것을 모른다는 두려움. 아무리 노력해도 틀릴지 모른다는 불안감. 시 읽기는 새로운 가능성을 찾아 나아가려는 나의 발목을 묶는 감정들로부터 자유로워지는 연습이

기도 했다. 나는 사건을 의뢰받은 진짜 탐정이 아니라는 사실, 단지 한 명의 독자인 내가 조금 다르게 읽는다고 해서 세상이 크게 뒤집힐 일이 없다는 사실은 다행이었다.

하나의 작품을 한 가지 방식으로만 읽는 것은 한 사람이 삶을 정해진 방식대로만 살아내는 것과 같다. 미래를 수동적으로 받아들이기보다 다른 가능성을 찾아보고 싶을 때 시는 그래도 된다고 말해주었다.

시를 읽음으로써 얻을 수 있는 가능성을 더 많은 사람과 나누고 싶다. 시를 읽는 일이 시를 알아야만 가능한 것이 아니었으면 좋겠다. 그냥 읽고 싶어서 읽었다고, 무슨 말인지 잘 모르겠다고 부담 없이 말할 수 있었으면 좋겠다. 오해와 이해 사이의 흐릿한 경계를 자유롭게 오가는 읽기가 만연해졌으면 좋겠다. 그렇게 읽은 글귀가 어느 날 문득 길을 걷다가 떠올랐으면 좋겠다.

우연히 읽은 시에서 나도 잘 모르는 나를 발견하는 것처럼.

누군가 크게 울고 있었다.

사방이 깜깜한 어둠 속에서 들려오는 울음소리였다. 자정을 훌쩍 넘긴 시간이었고, 나는 가만히 우는 소리를 들었다. 처음에는 무슨 일인지, 괜찮을지 걱정하다가 원 없이 우는 누군가의 울음소리를 들으며 집에서는 크게 울 수 없어 아무도 없는 어두운 곳을 찾아왔구나 생각이 들기도 했다.

시상식이나 인터뷰에서 마이크 앞에 선 인물이 울음을 터뜨리는 순간을 종종 목격한다. 다른 인물의 감정에 잘 옮는 편이라 나도 금세 눈물이 고인다. 화면 속 인물은 종종 미안하다고 한다. 미안합니다, 잠시만요. 우는 모습을 보이지 않으려고 고개를 돌리거나 애써 얼음 같은 표정을 지으려 한다. 그런 장면들이 내 속에 쌓여갔다. 목소리가 가늘게 떨리기 시작하고 목소리의 울림이 조금 더 짙어지고. 평소보다 조금 더 굳어버린 표정을 보면 곧 눈물이 고일 것이라는 걸 알았다. 그럴 때마다 미안하다고, 그렇게 말하는 모습을 보면 이런 생각이 들었다.

'그냥 울었으면 좋겠다. 다른 사람들 신경 쓰지 말고. 마음껏, 엉엉, 그렇게 울어도 되는데.'

한동안 한국 소설은 읽지 않았다. 대학을 졸업하고 나서는 일을 하려고 필요한 책들만 읽었으니 더욱 읽을 일이 없었다. 그래도 전공이 전공이다 보니 주변에서 물어보는 경우가 있었다.

　　다시 책을 읽기 시작했을 무렵에도 마찬가지였다. 한국 소설은 여전히 읽지 않았고 읽을 생각도 없었다. 독서 모임에 나가기 시작하면서 독서 취향을 이야기할 자리도 늘었다. 어떤 책을 좋아하는지 이야기를 하다 보면 아무렇지도 않게 이런 말이 나왔다. 한국 소설은 안 읽어요, 너무 가까운 이야기는 안 읽히더라고요.

　　비슷한 말을 여러 번 반복하다 보면 나의 입에서 나온 말도 이질적으로 느껴질 때가 있다. 물어본 사람은 알겠다는 표정을 지으며 다음 이야기로 넘어갔지만 나는 그러지 못했다. 너무 가까운 이야기는 읽지 않는다는 말이 숙제처럼 남았다. 왜? 언제부터 그랬을까? 무언가를 좋아하고 싫어하는 데는 이유가 없다고 하지만 실은 어디에나 이유가 있다. 이유를 찾기까지 들여다볼 시간이 없을 뿐. 나는 무언가를 좋아하지 않는다고 말하게 된 이유를 따져보는 시간을 가지고 싶었다.

소설은 특별히 어려운 용어나 설명이 나올 때를 제외하고 적혀 있는 문장들을 순서대로 읽어나가면 된다. 그렇게만 해도 읽었다고 할 수 있다. 그러나 종이 위에서 길을 잃은 것처럼, 누군가 머릿속에서 방해하는 것처럼 그 간단한 행위가 마음대로 안 될 때가 있다.

읽다가 다른 생각이 자꾸만 끼어들고, 읽다가 다시 앞으로 돌아가고.

덮어버린 소설에는 주로 2,30대 한국 청년이 등장했다. 어느 소설이나 인물이 처한 고유한 상황이 있었지만, 어떤 이야기든 그 속에서 내가 보였다. 과거의 아픔, 어떤 트라우마, 관계의 어려움, 아무것도 바뀌지 않을 것이라는 두려움. 조금이라도 닮은 부분이 나오는 이야기는 읽다가 자꾸 멈추게 됐다.

학생과 선생으로 학교에서 오랜 시간을 보내는 동안 논리의 힘을 실감했다. 정답을 고를 때, 글을 쓸 때, 학생들을 가르치거나 업무를 처리할 때. 모두 그것을 얼마나 논리적으로 해냈는지가 중요했다. 논리적이라는 말은 이유를 정확하게 설명할 수 있고, 과정과 절차를 명확하게 그릴 수 있으며, 그로 인한 결과까지 유추할 수 있다는 말이었다. 논리를 갖춤으로써 불확실성을 제거했다. 알고 싶은 대상을 최대한 자세하게 분석하고 논리적으로 파악하고. 그렇게 앎으로 권위를 획득할 수 있었다.

감정은 끼어들 틈이 없었다.

"울지 말고 똑바로 말해봐."

언제인지 기억나지 않을 정도로 어릴 때부터 이런 말을 들었다. 눈물은 나약함의 상징이었다. 이성을 잃고 폭언을 쏟아붓거나 체벌이라는 이름으로 폭력을 행사하고 사과할 줄 모르는 어른들을 보면서 나는 감정을 통제하지 못하는 상황을 불안해하고 거부하는 어른이 되었다. 감정이란 언제 어떤 형태로 튀어나올지 예상할 수 없는 것. 때로는 통제할 수 없어 이성을 잃는 것. 논리적인 사고를 방해하는 것.

가까운 이야기를 읽는 것이 힘들었다. 그 속에서 자꾸 나를 발견하고, 그 뒤를 쫓으면서 마음이 마구 요동쳤다. 함께 기대했다가, 두근거렸다가, 슬픔에 잠겼다가, 그리고 이어지는 우울, 좌절, 회의, 냉소. 책을 덮으면 이야기는 끝나지만 감정은 쉽게 사라지지 않았다. 다시 평정심을 찾을 때까지 얼마나 걸릴지 모르니 두려웠다. 일에 지쳐갈수록 두려움은 점점 더 커졌다.

우연히 채널을 돌리다 영화 한 편을 보게 됐다. 영화는 아주 평범했지만, 그 밤을 잊을 수 없는 이유는 어느 순간부터 내가 울기 시작했기 때문이다. 어두운 방 안 텔레비전 위로 지나가는 두 사람의 이야기를 가만히 보고 있다가, 눈물이 나기 시작했다. 처음에는 조금씩 흘러내리더니 곧 울음으로 번졌다. 그 뒤로는 영화 내용이 기억나지 않는다. 크고 깊은, 이성을 잃은 것만 같은 울음. 그날 밤 나는 세상이 떠나가라 엉엉 울었다.

얼마 동안 그렇게 울었는지 모르겠다. 엔딩 크레딧이 올라갈 때쯤 정신이 들었다. 너무 많이 울었다는 생각과 동시에, 이렇게 울어본 적이 없다는 걸 깨달았다. 언제나 울음을 참아야 한다고, 우는 건 나약함을 드러내는 거라고 믿었기 때문에 제대로 울어본 적이 없었다. 이유는 모르겠지만 속이 시원했다.

통제하지 못하는 감정에 대해 오랫동안 생각했다. 한국 소설도 다시 읽기 시작했다. 어느 나라의 것이든 장르와 상관없이 나와 가까운 이야기를 찾아 읽었다. 책 속의 인물이 나와 어떤 접점을 가지고 있는 가. 책을 고르는 가장 중요한 기준이 되었다.

눈물을 흘리는 날도 늘었다. 어떤 책을 읽으면서 는 글자가 보이지 않을 정도로 울어서 잠시 고개를 들 고 먼 곳을 바라봐야 했다. 버스 안에서 전자책을 읽다 가 눈물이 나서 괜히 창밖으로 눈길을 돌릴 때도 있었 다. 크고 작게 우는 만큼 크고 작게 웃는 법도 배웠다. 인물이 희망을 찾고 행복을 느끼는 모습을 읽다보면 어느새 배시시 웃음이 새어 나오고, 아직은 사람을 믿 어도 된다고 말해주는 이야기가 나오면 그렇게 마음 이 따뜻해질 수가 없었다.

외면하던 이야기를 읽으면서 그동안 스스로 감 정을 얼마나 배제하며 살아왔는지 알았다. 감정은 배 제할 것이 아니라 들여다봐야 하는 것. 믿을 수 없는 것이 아니라 뿌리가 되는 것. 어떤 논리도 바꿀 수 없 는 출발점이자 정착지라는 것.

가끔 나의 울음과 비슷한 소리가 들릴 때가 있었 다. 주로 아무도 보고 있는 사람이 없다고 생각되는, 어둡고 고요한 곳에서, 목놓아 엉엉 우는 울음. 그럴 때마다 나는 가만히 울음을 들었다. 무슨 일인지는 몰라도 더 울어도 된다고. 울고 싶을 때까지 울어도 된다고 생각하면서.

질병과 고통을 독창적인 시선으로 성찰한 앤 보이어의 『언다잉』에는 통곡을 위한 공공장소를 만들고 싶었다는 이야기가 나온다. '누구든 필요하기만 하면 적절한 장비를 갖춘 곳에 한데 모여 괜찮은 동지와 울 수 있는'. 이 문장을 읽으며 일본 테시마 섬에서 찾아갔던 아카이브를 떠올렸다. 마을버스 한 대가 유일한 교통수단인 작은 섬의 끝자락에 크리스티앙 볼탕스키의 심장 소리 아카이브를 체험할 수 있는 건물이 있다. 건물이라고 썼지만 방 두 칸 정도 크기의 검은 나무 오두막. '하트룸'이라는 곳에 들어서면 깜깜하고 고요한 방에 사람들의 심장 소리가 가득 울린다. 그리고 그 소리에 맞춰 작은 전구 하나가 켜졌다 꺼지기를 반복한다.

검은 방에 혼자 서서 사방을 채운 심장 소리를 듣고 있으면 심장이 함께 뛰는 것이 느껴졌다. 그래서 울컥했다. 누구든 필요하기만 하면 하나씩 다가와 울 수 있는 공간을 떠올리면 심장 소리가 가득한 어두운 방이 떠오른다.

그런 방이 있었으면, 하는 마음으로 책을 꺼내어 든다.

'예상하지 못한 우연이 만드는 마법'

나는 베트남 호치민을 이렇게 기억한다. 여행하는 내내 무엇에 홀린 것만 같았다. 노트르담 대성당에서 나와 좋아하는 닭쌀국수를 먹던 날도 그랬다. 목욕탕 의자에 엉덩이를 겨우 걸치고 불편하지만 맛있게 식사를 하고 나왔다. 바로 옆 가게 앞에 사람들이 모여 있었다. 작은 가게에 무슨 일이지? 다가가 보니 TV에서 축구경기가 한창이었다. 그날은 베트남 국가대표 축구팀이 아시아 축구연맹 U23 챔피언십에서 최초로 결승에 진출한 역사적인 날이었다. 경기가 끝나고 한 블록을 걸어가는 사이에 주변이 오토바이와 사람들로 가득 찼다. 다들 자기 키만 한 국기를 흔들며 소리 질렀다. 벳남! 꼬레! 바캉서! 꼬레! 함성과 부부젤라 소리에 담긴 뜨거운 감정이 나에게도 고스란히 옮아왔다. 그날 밤 처음으로 돌아가는 비행기 표를 취소했다. 며칠 뒤 열리는 결승 경기를 꼭 보고 가고 싶었다.

다음 날 좋아하는 맥주 가게에 들렀다. 결승전 경기를 여기서 봐도 돼? 며칠 전 방문했을 때 인사를 나눈 부점장이 흔쾌히 예약을 잡아줬다. TV 바로 앞자리를 맡아둘게, 그날 와.

그곳을 발견한 것도 우연이었다. 여행을 가면 숙소 근처 구글맵을 확대해서 보이는 곳들은 다 눌러보고 평이 좋은 곳을 찾아다녔다. 여러 종류의 맥주를 개발해 직접 브루잉을 하는 곳이라 다양한 맥주를 신선하게 즐길 수 있고, 퀄리티에 비해 가격이 저렴하다는 평을 보고 달려갔다. 호치민 시내를 거닐다 보면 자연 속에 들어와 있는 것 같은 가게가 많았다. 이곳도 그랬다. 나무가 우거진 숲속에 테이블 몇 개를 가져다 놓은 듯한 야외공간이 매력적이었다. 물론 실제로는 깔끔하게 마감된, 세련된 원목 테이블이었지만. 해가 지고 선선할 때라 밖에서 마시기로 하고 여러 맛을 골라 주문했다.

"어디서 왔어?"

유니폼을 입은 사람이 다가와 말을 걸었다. 한국에서 왔다고 하니 여행을 온 건지 아니면 호치민에서 사는지를 물었다.

"여행으로 온 거야."

알고 보니 그 사람은 맥주 가게의 부점장이었다. 우리는 적당히 피상적이고 적당히 깊은 이야기를 나눴다. 여행을 좋아하고 이곳에서 보낸 시간도 마음에

든다는 말을 듣고 그가 말했다. 점장은 미국 사람인데 그 또한 호치민에 여행을 왔다가 살기로 결심하고 가게를 준비했고, 자신도 어쩌다 보니 이곳에서 일하게 되었다고. 여기서 살아봐, 괜찮아. 삶은 어떻게 흘러갈지 모른다는 데 동의하면서도 다르게 흘러가기는 주저할 때였다. 그럴까? 그래도 될까? 속으로는 그런 말을 자주 되뇌었지만 그렇게 하겠다고 마음먹지는 못하던 때.

'Heart of Darkness'라는 가게의 이름이 실은 유명한 고전문학의 제목과 같다는 건 한국에 돌아오고 나서야 알았다. '암흑의 핵심', '어둠의 심연', '어둠의 심장'처럼 여러 제목으로 번역되어 나와 있었다. 액자식 구성으로 전개되는 이야기 속에서 등장인물 말로우는 제국주의 시대 영국의 식민지였던 콩고, 즉, 어둠으로 들어간다. 그곳에서 말로우가 만난 키츠는 효율적인 식민지배를 위해 파견된 인물로, 오랜 시간이 지나며 어둠 속에서 기괴하게 변한 뒤였다. 그러니까 'Heart of Darkness'는 제국주의 시대를 그린 대표작 중 하나였던 것.

자세한 내용은 중요하지 않았다. 중요한 건 내가

우연히 두 개의 'Heart of Darkness'를 만났고 머릿속에서 자꾸만 그것들을 나란히 놓게 되었다는 것이다. 책 속에서 제국주의 국가를 대표하는 주인공이 식민지의 커다란 강 한가운데로 거슬러 들어가는 모습과 호치민 시내에서 부유한 동네로 손꼽히는 1군에 맥주 가게를 차린 미국인 점장과 그곳에서 일하는 일본인 부점장, 그리고 그곳에 들어간 우리. 방문할 때마다 가게를 가득 채웠던 외국인 손님들과 화장실 입구 벽면에 걸려 있던 포스터 속 검은 숲. 두 개의 'Heart of Darkness'와 그것이 이루는 기묘함이 오랫동안 나를 사로잡았다.

그 뒤로 베트남 이야기에 관심 가지게 되었다. 문학을 좋아하다 보니 문학 작품 중에서 베트남의 역사와 이야기를 담은 책이 있는지 찾게 되었다. 그러다 메콩강 근처에서 어렵게 살아가는 이들의 현실을 그려낸 응웬 옥 뜨의 소설집 『미에우 나루터』를 읽고 큰 충격을 받았다. 여행하며 알게 된 호치민과는 완전히 다른 세계였다. 베트남 전쟁 당시 보트를 타고 호주에 넘어간 보트피플의 이야기가 담겨 있는 남 레의 소설집 『보트』는 절판된 것을 중고서적으로 어렵게 구해 읽었다. 2016년 퓰리처상을 받은 『동조자』와 역시 캐나다에 정착한 보트피플의 이야기를 담은 작가 김 투이의 책은 비교적 수월하게 구할 수 있었다.

이렇게 책을 읽으며 그동안 완전히 균형을 잃고 읽어왔다는 것을 깨달았다. 어떤 부분이 어렵다고 느껴지는 건 내가 그를 모르기 때문이었다. 나는 그곳을 모른다. 나는 그곳이 궁금하지도 않았다. 나는 그곳에서 일어난 일을 찾아본 적이 없다. 대부분의 사람들이 알고 있는 정도만 알고 있다. 그건 그들의 목소리가 아니라 다른 누군가에 의해 전달된 것이었다.

그동안 나의 독서는 순전히 영미권을 중심으로 이루어졌다. 영문학 수업에서 읽었던 책은 대부분 교수님들이 수십 년 전 논문을 쓰며 파고들었던 작품이었다. 권위 있는 작품을 답습하듯 읽었다. 영어교육학 수업도 마찬가지였다. 청소년에게 가르칠 만한 책들은 표지에 반짝이는 금색 표창을 달고 있었다. 내가 읽은 책들을 머릿속에서 모두 꺼내 같은 나라의 작품끼리 모아 지구본 위에 붙이면 미국과 영국이 지구의 절반 이상을 덮을 것이다. 영어로 출판된 작품이 있는 다른 지역은 그나마 존재가 인식될 정도의 크기로. 나머지는 있는지 없는지도 모르게 희미할 것이다.

　　나는 이성과 감정 중에 감정이 더 강한 힘을 지녔다고 믿었다. 세상의 중요한 결정은 이성을 중심으로 이뤄지는 것처럼 보이지만 나를 움직이는 동력은 언제나 감정이었다. 이성은 너무 딱 맞게 떨어지는 것. 다른 것을 생각할 여유를 주지 않는 것. 효율적으로, 정확하게, 최선, 이런 단어와 어울리지만. 감정은 돌아서도 잊히지 않는 것, 자꾸만 들여다보게 되는 것. 그럼에도 불구하고, 결국, 그러니까, 같은 단어와 어울렸다. 이유를 알 수 없는 감정이 나를 붙잡을수록 그것이 무엇인지, 왜 그렇게 느껴지는지 한참을 고민했다.

　　한 번은 균형을 잃었다고 느낀 적이 있었다.

　　비유적인 표현이 아니라 정말로. 몸의 오른쪽과 왼쪽 중에 한쪽만 너무 오랫동안, 너무 집요하게 사용해왔다고 느꼈다. 과로로 한쪽 팔다리가 저리는 경험을 한 뒤였다. 걸을 때도 몸의 균형이 기울어져 있는 것 같았다. 그런 느낌이 들 때마다 부러 다른 쪽으로 중심을 옮겼다. 나중에는 왼손으로 젓가락질을 하거나 양치질을 하는 연습도 했다. 왼손으로 글씨 쓰기, 왼손으로 밥 먹기, 왼손으로 핸드폰 사용하기. 시간이 지날수록 익숙해지는 것도 있지만 양치질만은 절대로 나아지지 않았다. 아무리 연습해도 변할 수 없는 영역이 있다는 걸 깨닫는 순간, 그동안 당연하게 오른손을 쓰면서 지나온 그 억겁의 시간이 실감 났다.

이번에는 책 읽기였다. 지독하게 편향적이었던 책 읽기에 균형을 찾고 싶었다. 최대한 다양한 국가의 문학 작품을 찾아 읽기로 했다. 노트를 펼쳐서 육대륙에 속한 나라를 적어 내려갔다. 그 나라의 작가가 쓴 작품 중에 우리나라에 출판된 작품이 있는지 검색하면서. 출판시장도 만만치 않게 편향되어 있어서 영미권 작품이나 유럽 작가의 작품이 번역, 출판되는 양이 압도적으로 많았다. 절판된 책은 중고서점이나 도서관에서 다시 검색했다. 그렇게 구할 수 있는 작품을 기준으로 목록을 작성하고 '문학으로 세계일주'라는 이름을 붙였다.

문학으로 세계일주를 하는 동안 낯섦에 자주 놀랐다. 낯섦과 어려움을 혼동시키는 건 사소한 것들이었다. 어떤 소설은 책을 펼치자마자 나오는 등장인물의 이름을 기억하는 것도 어려웠다. 그냥 이름일 뿐인데, 어떤 이야기인지 알아보기도 전에 이름을 듣자마자 어렵다고 느꼈다. 실은 어려운 것이 아니라 낯선 것임에도. 낯섦은 관계를 묘사하는 말이지만 어려움은 난이도를 포함한 말이 된다. 나 또한 평범하지 않은 이름을 가져서 마음대로 바꿔 부르는 사람을 많이 만났다. 그래서 이름이 가지는 의미를 알았다. 낯선 이름을 어려워 말자. 이름은 제대로 부르자. 그런 심정으로 책을 읽었다.

2018년부터 다음 해까지, 매년 30개국 이상의 작품을 찾아 읽었다. 때로는 왜 이 책을 읽고 있는지, 이 책에서 도대체 무엇을 얻을 수 있는지 어리둥절한 책도 있었다. 그래도 읽었다. 그러다가 포기한 책도 있고 거기까지 읽어온 힘으로 고비를 넘기는 책도 있었다. 막연한 독서의 끝에 목표가 있다는 건 다행이었다.

현대시인론 수업 첫날, 교수님은 화이트보드에 커다란 동그라미를 그렸다.

"이 동그라미가 우리가 사는 세상이라고 생각해 봐요."

그리고는 동그라미의 한쪽 귀퉁이를 지운 뒤 오

돌토돌하게 다시 이어 그렸다.

"문학은 이렇게 조금씩 동그라미의 가장자리를 넓혀요. 우리는 그런 이야기들을 만날 겁니다."

수강생이 10명도 되지 않는 겨울 계절학기 수업이었다. 문학을 좋아해서 관련된 전공을 선택했지만 막상 대학에 진학해 보니 들을 수 있는 수업이 많지 않았다. 아무리 계절학기라도 이렇게 수강생이 적으면 폐강 위기에 놓이는데 교수님과 학생들이 강행하기로 해서 절대평가로 진행되었던 수업. 거기서 나는 다른 수업 어디에서도 들어본 적 없는, 동시대를 살아가는 미국 여성 시인들의 시를 읽고 배웠다.

그날 이후 화이트보드에 덩그러니 남아 있던 동그라미는 언제 어디서나 예고 없이 나를 찾아왔다. 나는 지금 어떤 동그라미 앞에 있는가. 무언가 잘못되었다는 느낌이 들 때는 동그라미가 지나치게 매끄럽게 느껴질 즈음이었다. 균형을 잃고 비틀거리는 느낌, 어딘가에 갇혀 제자리를 도는 느낌, 중요한 것을 놓쳤는데 그것이 무엇인지도 잊어버린 느낌. 그러니까 그런 느낌이 들 때 나만 아는 방식으로 동그라미의 한쪽을 오돌토돌하게 만들고 싶었고, 균형을 찾고 싶었고, 책을 읽고 싶었다.

　다양한 국가의 문학 작품을 읽는다고 무언가 달라졌을까. 세상은 여전히 불평등하고, 다른 존재를 이해하기보다 혐오하기를 선택하는 것이 훨씬 간단하다. 그렇지만 나는 낯선 이야기 속에서 공통점을 발견하는 재미를 찾았다. 수십 년의 시간을 뛰어넘는 작품, 완전히 다른 전통과 문화를 지닌 작품일지라도 인물의 감정에는 공감할 수 있는 지점이 있었다. 그것을 찾으면 소중한 씨앗을 찾은 것처럼 반가웠다. 낯선 이름 때문에 몇 번이나 책을 앞뒤로 왔다 갔다 하면서도, 권위에 복종하며 상처를 숨겨야 했던, 너무 가까운 곳에서 반복되는 폭력을 모르는 척해야만 했던 이들의 이야기는 내 안에 해결되지 않은 감정이 유난한 것이 아니라는 걸 알려줬다.

　그건 어떤 의미에서 손을 잡는 것과 같았다.

　문학으로 세계일주를 하는 동안 한쪽 벽에 세계지도를 붙여놓았다. 책을 읽을 때마다 지도에 조그맣게 표시를 했다. 읽은 책이 많아지면서 점차 안 하게 되었지만. 2년 동안은 어느 대륙, 어느 나라의 작품을 읽었는지 일일이 표시하며 한 해에 꼭 30개국을 넘기려고 했지만 작년부터는 그것도 하지 않는다. 이제는 어느 정도 습관이 되었다. 신간 도서 리스트에서 들어 보지 않았던 작가, 새로운 나라의 작품을 만나면 반갑다. 이렇게 또 가장자리를 다시 그릴 수 있겠구나. 머릿속에서는 여전히 울퉁불퉁한 세계지도를 만들어가고 있다.

일을 그만두고 난 뒤엔 한동안 어리둥절했었다. 아무 데도 속하지 않는 사람이 되었다는 것이 실감 나지 않았다. 어딘가에 소속되고 비슷한 목표를 지닌 사람들과 함께 어울리는 것을 당연하게 여긴 지 너무 오래되었다. 하고 싶은 것이 무엇인지를 따지기보다 안전하다고 감각하는 것을 좇아나갔다. 일하지 않기로 결심한 것은 나였지만 막상 그렇게 되고 보니 내일도 그다음 날도 일하지 않아도 된다는 사실이 이상했다. 일요일, 그리고 또 일요일, 그다음 날도 일요일. 그저 일요일이 계속 이어지는 것 같았다.

20대 중반, 어느 날 갑자기 인터넷에 수어 동호회를 검색했다. 특별한 계기는 없었다. 단지 말을 하지 않고 소통하는 법을 배우고 싶었다. 함께 배울 사람도 없었고 농인을 만나본 적도 없었다. 그저 수어를 배우고 싶다는 마음 하나로 무작정 수어 동호회를 찾아갔다.

첫 시간부터 놀라움의 연속이었다. 청인으로서 당연하게 여겼던 것들을 새롭게 바라보게 되었다. 청인의 의사소통에서는 소리가 절대적인 힘을 지녔다. 높낮이, 강세, 목소리의 특성과 뉘앙스에 따라서 다양한 표현이 가능해진다. 반면에 소리를 사용하지 않고 의사소통을 하려면 다른 요소를 파악하는 데 온 신경을 집중하게 된다. 눈, 코, 입뿐만 아니라 얼굴 근육의 미세한 움직임과 손짓의 디테일을 놓치지 않으려고.

그렇게 6개월을 보냈다. 그 시기에 나는 외딴 섬처럼 학교를 다녔다. 모든 과목을 혼자 듣고 수업이 끝나도 혼자 다녔다. 필요한 경우를 제외하고 소리를 내어 말할 일이 없었다. 그러면 '필요한' 말이 얼마나 적은지 실감하게 된다. 일주일에 한 번, 수어를 배우러 가는 날을 기다렸다. 말을 하지 않고 서로의 눈과 움직임을 바라보며 소통하는 시간이, 말이 아닌 다른 언어로 소통할 수 있다는 사실이 그 자체로 소중했다.

한편으로는 마음이 불편했다. 왜 수어를 배우는 거야? 누군가 물으면 할 말이 묘연했다. 정확하게 설명할 수 없지만 그저 나를 위해서 배우려고 하는 것이었기 때문에. 나를 제외하고 수어를 배우러 모인 사람들은 대부분 봉사 정신이 투철하고 평소에도 다양한 문제에 관심이 많았다. 누군가는 선택이 아닌 생존을 위해서, 혹은 진심으로 봉사하기 위해 배우는 것을 나는 오로지 나를 위해 배우기로 결심했다는 사실 때문에 무언가 잘못하고 있다는 생각도 들었다.

나도 모르게 잘못한 것 같은 마음. 그래도 되는 건지, 혹은 그러면 안 되는 건지 의문이 들면서도 수어를 배우고 싶고 소리 내지 않고 몸으로 말하고 싶었던 마음. 나는 왜 수어를 배우고 싶어했을까. 시 창작 수업에서 가장 쓰고 싶은 주제로 시를 써오라는 과제를 받았을 때 내가 쓰고 싶었던 것은 이런 질문들이었다.

작가는 글로 말한다. 흔히 말하는 합평의 원칙이다. 어떤 의도를 가지고 글을 썼는지 설명할 필요가 없다. 완성된 글에서 그 의도를 읽어낼 수 없다면 그건 실패한 결과일 뿐이다. 당시 내가 듣고 있던 수업은 이 원칙을 지켜서 합평을 진행했다. 그날도 각자 적어 온 시를 읽고 다른 사람들의 의견을 들었다. 나의 차례가 되어, 조심스럽게 써온 글을 읽어 내려가는데 내가 쓴 것이 아닌 것처럼 낯설게 느껴졌다. 생각했던 이야기가 하나도 보이지 않았다. 오랫동안 고민했던 것을 표현하기에는 실력이 부족했다.

낭독이 끝나고 합평이 이어졌다. 누군가 대상화의 위험이 있다는 말을 했다. 처음 들어보는 말이었다. 이후 한동안 이 시가 대상화의 여지가 있는지에 대해 의견을 주고받았다. 합평이 끝날 즈음 누군가 물었다.

"실제로 수어를 배워본 적 있어요?"

그것이 나에게 주어진 유일한 질문이었다. 그렇다고 답하자 다들 어리둥절한 표정을 지었다.

그날 저녁 집으로 돌아가는 길이 유난히 어두웠다. 까만 어둠, 깊은 강, 하늘과 강 사이를 건너는 버스 안에서 오래도록 생각에 잠겼다. 나는 시로 말하는 데 실패했고 자책했다. 내가 쓰고 싶었던 것은 그런 게 아니었다고, 부족한 건 실력이지 마음이 아니라고. 그런 이야기를 하고 싶었지만 말할 수 있는 기회가 없었다. 어디서부터 잘못한 것인지 한참을 고민하다 깨달았다. 나는 하고 싶은 말을 어떻게 해야 하는지 모른다는 것을.

마음은 컵에 담아놓은 물과 닮았다.

한 방울, 두 방울.

컵 안으로 느리지만 확실하게 물방울들이 떨어지고, 차오른다.

오랜 시간을 버티다 더 이상 견딜 수 없는 순간이 오면 울컥 넘쳐 흐른다. 학창시절 영어나 일본어를 배우는 시간을 좋아했던 것. 좋아하는 미국 드라마를 번

역하는 데 밤새며 매달렸던 것. 수어를 배우고 싶다는 충동을 느꼈던 것. 직장을 그만두고 시를 쓰기 시작한 것. 당시에는 모두 '어느 날 갑자기' 그렇게 되었다고 생각했지만 어느 날 갑자기 아무런 이유 없이 이루어지는 것은 없었다. 눈에 띄지 않을 정도로 조금씩, 마음이 기울고 있었을 뿐.

익숙하게 사용하던 언어가 답답하게 느껴진다. 그럴 때마다 새로운 언어에 매달렸다. 어쩌면 나에게 맞는 언어를 아직 찾지 못한 걸지도 몰라. 그래서 이렇게 답답한 걸지도 몰라. 나에게 맞는 언어를 찾으면 지금 내가 느끼는 답답함이 해소될지도 몰라.

그러나 그 길은 막연하고 또 막연했다. 나를 표현하려고 노력해본 적이 없기 때문에 나에게 맞는 언어를 어떻게 찾아야 할지도 몰랐다. 하고 싶은 말을 하는 법을 배우기보다 해야 하는 말을 하는 데 집중한 시간이 너무 길었다. 하고 싶은 말을 어떻게 할지 고민하는 시간보다 어떻게 하면 참고 넘어갈 수 있을지 고민한 시간이 길었다. 후회할 만한 말을 하는 것보다 차라리 침묵을 선택했다. 그게 안전하다고 생각했다. 침묵이 나를 지켜줄 거라고 생각했다.

침묵은 아무것도 지켜주지 않았다.

자신의 마음을 잘 모르는 사람이 있다. 마음이 드러나는 데까지 시간이 오래 걸리는 사람. 침묵은 그 시간을 더욱 길게 늘어뜨렸고 원하는 것을 알아차리기까지 더 많은 시행착오를 겪어야 했다. 실패에 실패를 계속해서 거듭했지만 그래도 글을 쓰고 표현할 수 있는 기회를 또 찾아 헤맸다.

나에게 맞는 언어를 찾는 과정은 끝나지 않고 영원히 이어지는 터널로 걸어 들어가는 것일 수도 있다. 그렇지만 터널 안에서 나는 많은 것들을 보고, 듣고, 만날 것이다. 그곳은 어둡고 무섭고 적막하고 답답한 곳이 아니라 푸르고, 선선하고, 작은 대화들이 끊임없이 들리는 곳일 것이다.

같은 방향은 아니어도 함께 걸어가는 이들이 있는.

학교에서 가르치는 일을 하는 동안, 시시때때로 아이들에게서 나를 발견했다. 불확실한 미래 때문에 불안해하면서도 지금보다 나아질 거라는 가능성을 놓지 못했다. 경쟁에서 이기는 것이 최고의 가치라고 훈련받지만 친구들과의 거리를 조절하는 데 실패하고, 옳다고 배우는 것과 해야하는 것이 모순되는 현실에 어리둥절하고 제대로 싸우는 법을 배우기도 전에 포기하는 데 익숙해지는. 그러나 졸업을 하면 모든 것이 아득한 옛날이야기로 변하는 그런 세계. 치열하게 살아나가는 아이들을 보며 나는 말을 아꼈다.

시간이 지나면 저절로 해결될 거야, 다 괜찮아질 거야.

그런 말로 어설프게 위로하는 어른을 얼마나 싫어했었는지 생생하게 기억하고, 어른이 된 나도 누군가를 위로해줄 여유가 없었기 때문이다.

기간제 교사로 여섯 해를 보내며 나는 조금씩 빛을 잃어간다고 생각했다. 계약 기간이 끝나면 특별한 이유가 없어도 다른 사람으로 대체될 수 있다는 가능성. 그것이 곧 나라는 존재의 전부를 가리키는 것이 아니라고 되뇌었지만 자신을 설득시키는 데 자주 실패했다. 나의 미래를 내가 결정할 수 없고, 언제든지 곧 대체될 것이라는 불안을 품고 매일을 살아가는 건 내가 만든 거대한 장벽에 갇혀 제자리걸음을 하는 기분이었다.

그것도 아주 차가운 얼음벽.

그 와중에 11월을 기다렸다. 교원 평가 결과가 나오면 아이들이 작성한 주관식 답안을 볼 수 있기 때문이었다. 단답형 문장으로 이루어진 답안이 대부분이었지만 그렇지 않은 것도 있었다. 수업을 준비하기 위해서 선생님이 얼마나 시간을 들였을지 가늠하기도 하고, 학교에서 배우고 싶었던 부분이 무엇이었는지, 그것을 충족할 수 있는 수업을 만나서 얼마나 좋았는지를 이야기하기도 했다. 개인적인 감정을 교실 안까지 끌고 들어와 무기처럼 휘둘렀던 선생들을 용서할 수 없었기 때문에 아이들 앞에서는 언제나 긍정적인 모습을 유지하려고 노력했는데 그 점을 정확하게 지적하며 감사하다고 말하는 문장도 있었다.

그런 문장이 내 안의 불씨가 꺼지지 않게, 나를 다시 건져 올렸다. 어떤 고민을 하고 얼마나 많은 시간을 노력하는지, 어떤 의미를 담았는지 알아차린 구체적인 문장들. 그건 내가 살아낸 시간을 아는 이가 있다는 말이었다. 내가 전하고 싶었던 것을 정확하게 간파하는 문장들을 읽을 때 거대한 장벽이나 얼음 같은 서늘함, 차갑고 외로운 시간 같은 것들을 잊을 수 있었다. 사실 가장 중요한 것은 내가 어떤 사람이고, 어떤 생각으로 무엇을 하고 있는지 잊지 않는 것이라고, 그렇게 믿을 수 있었다.

인생의 대부분을 학교에서 보내면서 세상을 학교의 방식으로 바라보는 것이 익숙해졌다. 상대평가가 만연한 세계에서는 주변의 성취를 항상 의식하게 되고, 실제 성취도와 상관없이 어떻게든 감점을 받지 않으려고 신경 쓴다. 그러다 보면 강점보다 약점에 주목하게 된다.

너는 이것만 고치면 잘할 수 있어, 다음에는 더 노력해.

정답노트보다 오답노트를 쓰는 사람이 훨씬 많은 것처럼. 잘하는 것이 무엇인지 고민하기보나 틀린 부분을 정답에 가깝게 고치는 데 너무 오랜 시간을 보내게 된다.

좋은 점을 발견하는 일이 더 어렵다. 누군가의 강

점을 구체적으로 발견하고 발전시키려면 그만큼 오랫동안 정성을 들여 관찰해야 한다. 관찰하는 동안에는 온전히 그것에 집중해야 한다. 이전에는 어떤 마음이었고 지금은 어떤 마음일지, 이렇게 되기까지 어떤 과정을 거쳤을지 알아내려면 수없이 대화해야 할 수도, 아주 사소한 것 하나에도 원인과 결과를 따져봐야 할 수도 있다. 적극적인 태도가 필요하다. 관찰 대상이 강점을 가지고 있다고 믿고, 반드시 그것을 발견하고야 말겠다는 적극적인 태도.

무엇을 얼마나 잘한다고 말하려면 그것을 판단하기 위한 잣대가 있어야 하는데, 한 가지 잣대를 기준으로 장점을 찾으려고 하면 다양한 답을 얻기가 힘들다. 획일적인 기준을 가져오면 그 기준에서 1등이 아닌 대상은 모두 부족한 점이 있으니까. 장점을 발견하는 것을 일종의 보물찾기라고 생각하면 하나의 모래사장에서만 찾는 것과 여러 개의 모래사장에서 찾는 것은 다르다. 다양한 기준으로 확장할수록 참신한 장점을 발견할 가능성이 커진다.

좋아하는 마음을 자세하게 말하는 일은 그래서 어렵다.

'넌 참 좋은 사람이야.'보다 '너는 사람을 대할 때 그 사람이 먼저 기댈 수 있게 기다려줘. 그래서 내가 힘들 때 너와 이야기를 나누면서 버틸 수 있었어.'라고 말해주는 것이 어렵다. '이 책 좋다.'라고 말하는 것보다 이 책을 읽다가 어떤 생각이 들었고 그런 생각을 하게 된 것이 왜 좋았는지, 이 책을 읽으면서 내 안에서 일어나는 변화를 관찰하고 설명하는 것이 어렵다. 단순히 '좋다'고 말하는 것이 아니라 내가 느낀 좋음을 여러 빛으로 풀어서 하나씩 설명하는 일. 이것은 부족한 점을 지적하며 고치라고 말할 때보다 더 많은 에너지가 들어간다. 여기서 에너지란 시간이 될 수도, 노력이 될 수도, 애정이 될 수도 있다.

　　간단히 계산할 수 없는 모든 마음들.

　　학교를 그만두고선 무엇을 원하는지 모른 채로 시 창작 수업을 듣고, 글 쓰는 자리를 찾아다녔다. 그곳에는 나를 오래도록 관찰하고 들여다봐주는 사람들이 있었다. 일주일에 힌 번씩 같은 공간에 모인 사람들이 내 이름 아래 타이핑된 글자들을 자세히 들여다봤다. 모래사장에서 희미하게 반짝이는 무언가를 찾는 것처럼.

어떤 기준을 가져오든 그 자리에서 부족한 점을 나열할 수 있었고 그건 더 나은 글을 쓰기 위해 필요한 과정이었다. 그렇지만 그들은, 당신이 무언가가 되려할 때 어떤 점이 부족하다고 말하기 전에, 무엇이 되지 않더라도 여전히 좋은 점이 있다고 말해주었다. 그건 진심을 담아 오래도록 들여다보고 건져 올린 것이었다. 마주 보고 앉은 책상을 벗어나면 우리는 모르는 사이로 돌아갔지만 책상 위에서는 온전히 서로를 바라보는 아는 사이이기도 했다.

정말로, 계속 쓰세요. 어디서든.

그런 말들이 모두 다시 내 안의 불씨를 지폈다.

나는 편지 쓰기를 좋아하는 학생이었다. 초등학교까지는 일기를 열심히 쓰다가 중학생이 되고 나서는 편지를 일기처럼 썼다. 교환일기도 많이 쓰고 쪽지도 제법 주고받았다. 책상 서랍 한 편에는 언제나 친구들이 보낸 답장이 한두 편씩 고여 있었고 보는 사람이 없을 때 설레는 마음으로 쪽지를 열어보고 답장을 쓰곤 했다.

매년 2월이면 학급 행사로 롤링 페이퍼를 만들기도 했는데, 그러거나 말거나 1번부터 끝 번호까지 우리 반 모든 친구에게 한 통씩 편지를 쓰는 사람이 바로 나였다. 같은 내용으로 붙여 넣기식 편지를 쓰고 싶지 않아 편지를 받을 친구와 내가 함께 했던 순간과 경험을 찬찬히 회상하며 쓰다 보면 일주일 넘게 편지만 쓰기도 했다.

고등학교 3학년 수업을 맡아, 학생들에게 관심 있는 주제와 관련 기사를 선정해 자유롭게 발표하도록 한 적이 있다. 여덟 반의 수업을 들어가며 240명의 준비과정과 발표를 지켜보고 한 명 한 명의 생활기록부 교과 특기 사항란을 작성했다. 그건 한 사람당 600자 내외, 총 14만 4천 자의 개괄식 문장으로 이루어진 편지이기도 했다. 함께 보낸 시간을 자세히 관찰하고 그 속에서 무언가 발견해 천천히 써 내려가는 것. 그 일을 하는 동안 나는 자주 행복했다. 좋아서 했던 일은 십 년이 지나도 어떤 식으로든 계속하게 된다.

몇 년 전 에세이 쓰기 모임의 진행을 맡았다. 독서모임에서 조금 더 확장된, 자신의 이야기를 담은 에세이를 본격적으로 쓰는 모임이었다. 첫 모임을 앞두고 발제문에 이런 문장을 적어 넣었다.

'글을 공유하는 것은 자신의 가장 내밀한 면을 보

여주는 일이기도 합니다. 다른 이의 글을 읽고 피드백을 주는 행위는 자신이 생각하는 좋은 글이 어떤 것인지 구체적으로 알아가는 과정입니다.'

그중에서도 내가 가장 의미를 두고 적어 내려간 당부는 이 문장이었다.

'피드백을 받는 것이 처음이라 걱정이 되는 분은 당근!을 외쳐주세요.'

채찍과 당근을 이야기할 때 등장하는 바로 그 당근. 누군가 당근!을 외치면 온 마음을 다해 그 사람의 글을 읽고 불씨를 찾아낼 준비가 되어 있었다. 멤버들이 올린 글을 읽고 피드백을 주고받으러 모임에 나가는 길에 나는 항상 이런 마음가짐이었다.

부족한 점을 정확하게 파악하는 것도 중요하지만 그 전에 좋은 점과 부족한 점을 나란히 둘 수 있어야 한다. 부족한 점에 집요하게 매달리다 그것이 전부가 되지 않게. 좋은 점을 들여다보는 구체적인 문장은 불씨를 품고 있다.

더 크게 자라나 장벽을 녹이고 주변을 따뜻하게 만들 수 있는 불씨.

스스로에 대한 믿음이 부족해서 차가운 외로움과

씨름해야 할 때 그런 불씨들이 얼마나 소중한지 알기 때문에 다른 사람들에게도 그것을 나눠주고 싶다. 내가 건넨 불씨가 모두에게 필요한 것이 아닐 수도 있다.

그러나 누군가에게는 외로운 싸움을 끝낼 힘이 되어줄 수도 있다.

아주 느리게 주고받는 대화

내년을 위한 다이어리가 나오기 시작하면 연말이 다가온 것을 실감한다. 빠르면 9월부터 새로운 제품들이 쏟아지는데, 벌써 올해가 끝나가는 것 같은 상실감을 느끼고 싶지 않아 애써 외면한다. 그러다 11월, 12월이 성큼 다가오면 조급해진다. 어서 새로운 다이어리를 골라야 할 것만 같다. 어떤 다이어리를 쓸지 결정하지 않고 새해를 맞고 싶지 않아서다. 시간이 날 때마다 기획전을 구경하고 새로 추가되는 상품을 확인한다. 이거다! 싶은 다이어리가 나타날 것 같지만 하나를 정하기가 쉽지 않다. 연례행사처럼 이런 과정을 반복했다.

올해는 꼭 다이어리를 끝까지 채워야지. 고심 끝에 하나를 정하고 1월부터 쓰기 시작하면서 다짐한 것은 금세 흐지부지된다. 그렇게 되기까지 걸리는 시간만 조금씩 달라질 뿐이다. 고백하자면 나는 아직 한 번도 1년짜리 다이어리를 처음부터 끝까지 채워본 적이 없다.

다이어리나 노트를 사면 잘 채우고 싶다는 욕심이 있었다. 그러나 결괴기 따라오지 못하면 욕심은 곧 걸림돌이 되었다.

첫 번째 걸림돌은 글씨였다. 심사숙고해서 고른 노트의 표지를 넘기면 순수하고 무결한 첫 페이지가 나온다. 또박또박, 펜을 쥐고 글씨를 쓰기 시작한다. 그러다 멀찍이 떨어져 바라본다. 이상하다. 신경을 많이 썼는데도 마음에 들지 않는다. 잉크가 균일하게 배어 나오지 않고 울퉁불퉁한 것 같다. 오른쪽으로 갈수록 글씨가 아래로 내려가는 것 같다.

결국 첫 페이지를 조심스럽게 뜯어내고 다시 시작한다. 쓰던 펜과 자세를 바꿔보기도 한다. 하다못해 의자 높이를 바꿔본 적도 있다. 크게 달라지지 않는다. 다음 장도, 그다음 장도 뜯어내고 다시 써본다. 그러다 다른 노트를 여러 개 구입한 적도 있다.

두 번째 걸림돌은 시간이었다. 이 노트에 얼마의 시간이 담겨 있는가. 즉, 얼마나 오랫동안 기록해나가는가. 노트를 빼곡하게 채운 기록은 시간을 담고 있다. 다이어리나 노트를 살 때면 언제나 마지막 페이지까지 알차게 채우는 걸 꿈꾼다. 그러나 며칠이 지나면 다이어리나 노트를 쓰고 있었다는 사실이 가물가물해지고 높은 확률로 정신없이 바빠진다. 날을 정해 밀린 내용을 채워 넣어야겠다고 다짐해도 현실은 계획과 다르게 흘러간다. 또 다짐하고, 다시 한번 다짐하고. 그러다 가을이 되면 내년을 위한 다이어리 신상이 나오기 시작한다. 그제야 기억난다. 새 다이어리를 고르면서 내년에는 꼭 끝까지 다 써야한다고 다짐했던 일이. 한 번 더 다짐한다. 다짐한다는 말을 몇 번이나 반복한지 모르겠다. 다짐하고 또 다짐해도 원점으로 돌아간다.

지금 쓰고 있는 독서노트를 넘겨보면 누가 봐도 미완성인 페이지들이 자주 나온다. 필사하려고 꾸몄다가 정작 필사를 못하고 텅 비어 있는 페이지, 책을 읽는 동안 내용을 잘 기억하려고 흘림체로 마구 줄거리를 메모하다가 다시 정리하지 못하고 중단되어버린 페이지, 책에 나오는 일러스트를 따라 그리려다 실력의 한계를 느끼고 그리다 만 페이지. 한 권의 노트에서 보통 3분의 1 정도.

나는 이런 페이지들을 '완성하지 못한 기록'이라고 부른다.

언젠가부터 완성하지 못한 기록을 그대로 인성하기로 했다. 다른 무엇과 비교해서 평가받아야 하는 것도 아니고 그냥 내가 좋아서 혼자 해보는 건데. 그러니 완성할 수도 있고 안 할 수도 있다. 이렇게 생각하면 다음 페이지에 다른 기록을 시작할 수 있었다. A를 반드시 완벽하게 완성한 뒤에만 B로 넘어가려면, 몇 페이지를 채우지도 못하고 위기가 찾아왔다. 그러나 A를 반드시 완성하지 않아도 뭐 어때, 다음에 할 수 있으면 하고 아니면 말지, 이런 마음으로 B로 넘어가면 그다음, 그리고 그다음 기록으로 넘어가는 것도 가능해졌다. 그렇게 해서 2년 남짓한 기간 동안 어느새 8권이 넘는 독서노트를 채웠다.

완성하지 않은 기록을 그대로 인정하기로 마음 먹고 나서부터는, 기록하는 것이 더욱 자유로워졌다. 마음에 들지 않는 글씨가 있으면 몇 번이고 수정테이프로 지우고 다시 쓴다. 색칠하거나 두꺼운 펜으로 기록해서 뒷면에 색상이 묻어나오면 양면테이프로 두 장을 붙여버린다. 가장 크게 달라진 것은 더 이상 노트를 페이지 순서대로 쓰지 않는다는 점이다. 예전에는 정해진 페이지를 순서대로 채워야 한다고 생각했다. 요즘에는 그냥 쓰고 싶은 페이지에 기록한다. 이 방법은 특히 병렬 독서를 할 때 유용하다. 지금 읽고 있는 시집에 대해 10페이지부터 독서기록을 남기고 있는데, 다른 책에 대해서도 기록하고 싶다면, 적당히 여러 페이지를 비워둔 채로 넘긴 뒤에 새로운 기록을 시작한다. 병렬 기록이다. 나는 책 한 권을 읽고 보통 2페이지에서 4페이지 정도를 기록하기 때문에 넉넉하게 5~6페이지를 비워두고 다른 책 기록을 시작한다. (신기하게도 마치 테트리스 게임처럼 비어 있는 페이지들이 차곡차곡 채워진다. 1~2페이지 정도 끝까지 비어있는 채로 남아 있다면? 그냥 빈 채로 둔다. 모든 페이지를 다 채우려고 하지 않는다.)

기록을 대하는 태도는 삶을 대하는 태도와도 닮아서 무슨 일이든 완성해야 한다는 강박을 가지고 있었다.

조금만 더 하면 끝나, 그때까지만 참아. 그런 말을 심심찮게 들었고 스스로 자주 되뇌었다. 미완의 단계에서 의미를 찾거나 그 상태 그대로 행복하면 안 되는 것처럼 느껴졌다. 그렇게 많은 시간을 보내고 나에겐 완성을 꿈꾸며 견뎌온 시간만 남았다. 이런 질문이 떠올랐다. 완성되지 않은 나는 무엇일까. 그냥 견디는 사람? 완성이 되어야만 의미 있는 거라면 완성되지 않은 지금의 나는 의미 없는 시간을 버티고 있는 건가?

무엇보다, 완성이라는 것이 있긴 할까. 이런 질문에 대한 답은 책을 읽고 기록하면서 찾았다. 읽고 쓰는 일에는 시작과 끝이 없었다.

책이 남긴 잔영을 어떻게 기록할지 고민하는 데 적지 않은 시간을 보낸다. 읽고 나서 좋았던 문장을 옮겨 쓰기, 인상적인 장면에 관해 생각을 정리해서 쓰기, 등장인물과 중심 사건을 요약하기 등 다양한 형태의 독서노트를 시도해봤고 평균적으로 한두 시간 정도 소요된다.

독서노트의 어떤 페이지를 완성하지 못했다고 해도 거기까지 기록하는 동안 내가 보낸 시간은 없어지지 않는다. 목표를 세우고 시작했던 순간, 무언가 해보려고 구상하고 노력한 마음. 생각했던 것과 다른 결과가 나왔다고 그 시간이 모두 지워질 수는 없다.

나는 완성하지 않아도 좋은 기록을 믿는다.

매월 마지막 날은 다이어리를 쓰며 하루를 마무리한다. 월초에 세웠던 목표를 돌아보고 한 달 동안 어떤 결과를 얻었는지 쓰다 보면 어느새 한 페이지가 훌쩍 넘어간다. 다이어리를 쓰기 시작하면서 가장 중요하게 생각한 것은 기록의 양과 상관없이 꾸준히 쓰기였다. 어느새 두 번째 계절을 맞았으니 벌써 절반은 성공한 셈이다.

다이어리를 쓰는 시간만큼이나 꾸미는 시간을 좋아한다. 보통 아래의 순서대로 시간을 보낸다.

1) 새로운 달을 앞두고 다이어리에 어떤 내용을 기록할지 카테고리를 정한다. 올해는 월간 목표, 위클리 다이어리, 한 줄 일기, 먼슬리 다이어리, 마지막으로 한 달 동안 독서하며 기억에 남는 특이사항을 자유롭게 기록하는 메모 페이지로 구성했다.

2) 카테고리별로 페이지를 어떻게 디자인할지 틀을 정한다. 주로 드로잉용 검은색 라이너펜을 사용해 선을 그리는 것이 전부.

다이어리 내지 양식은 최대한 심플하게 꾸민다.

3) 기록할 때는 검은 글씨로 채우는 것과 색상으로 포인트 주는 것을 번갈아 한다. 글자는 디자인 효과도 가지고 있다. 균일한 크기로 횡을 맞춰 가지런하게 내용을 채운다.

4) 일주일에 하루 혹은 이틀 정도는 기록하지 않고 비워둔다. 시간이 흐른 뒤에 마스킹 테이프와 스티커를 활용해 빈칸을 꾸민다.

5) 먼슬리 다이어리를 꾸밀 때도 완독한 책들은 책 모양 그림을 그려 달력을 채우지만, 빈칸으로 남아 있는 공간은 문구를 활용해 적당히 꾸민다.

나는 다이어리의 내지 양식까지 모두 결정하는 '하드코어 다꾸러'라서 해야 하는 일이 많기는 하다. 그만큼 시간도 들어간다. 매월 초, 1)과 2)의 과정을 끝내는 데 두세 시간이 걸린다. 그럼에도 다이어리를 쓰고 꾸미는 이유는 재미있기 때문이다. 아니, 단순히 재미있다는 말로 설명할 수 없는 매력이 있다.

다이어리 꾸미기는 쓰는 사람이 마음껏 주체성을 발휘하는 과정이다. 정답이 없다. 비슷한 경험과 표현이 등장할 수는 있어도, 완벽히 같은 다이어리가 나올 수는 없다. 어떤 내용을 쓰거나 쓰지 않거나 모두 쓰는 사람의 마음먹기에 달렸다. 내지 구성까지 스스로 결정한다면 주체성은 더욱 강렬하게 발휘된다. 텅 비어 있는 공간을 어떻게 나누고 구성할지부터 글자 크기, 색상, 위치처럼 작은 요소까지도 모두 직접 정한다. 다른 사람들의 사례를 찾아보고 응용하기도 한다. 정해진 일을 반복하며 수동적인 일상을 보내는 것에 지쳐 있을 때 다이어리를 쓰고 꾸미는 시간은 주체성을 감각할 수 있는 소중한 기회다.

다이어리 꾸미기는 쓰는 사람의 창작력을 표현히는 시간이 되기도 한다. 제대로 된 취미를 갖고 싶다는 열망으로 여러 활동에 도전했다. 뜨개질, 미니어처 공예, 핸드드립 커피 내리기, 펜 드로잉, 오일 파스텔, 색연필화, 지점토 공예 등등. 시작도 하기 전에 포기한 것도 있고, 어느 정도 하다가 흥미가 없어진 것도 있었다. 그러면서 온전히 나의 손으로 창작하고픈 욕망이 존재한다는 것을 알았다. 그림을 그리며 몰입한 채로 몇 시간을 보내고 나면 마음이 충만해졌다. 다이어리를 쓰고 꾸밀 때도 그랬다. 일상에서 이렇게나 집중해서 창작력을 발휘하는 시간을 가질 수 있다는 건 또 다른 힘이 되었다.

노트와 펜만 있으면 자신의 개성을 담은 다이어리를 만들 수 있다. 게다가 일상을 돌아보며 사유를 끌어낼 수 있다. 그러니 하지 않을 이유가 있나?

다이어리를 쓰고 꾸미는 행위에 대해 이렇게까지 집요하게 늘어놓는 이유가 있다. 며칠 전 SNS에서 다이어리 꾸미기, 즉, '다꾸'가 등장하는 대화를 보았다.

"그렇게나 혼자 지내는 걸 좋아하면 그런 거 하면 되겠네, 다꾸 같은 거 있잖아."

정확하게 외우진 못했지만 이런 내용의 대화였다. 맥락 속에서 '다꾸'는 다 큰 성인이 하기에는 적당하지 않은, 유치한 행위를 가리켰다. 반사적으로 이런 질문이 튀어나왔다. 다이어리 꾸미기는 정말 유치한 일인가? 마니아층이 탄탄한 취미로 인정받는 프라

모델 조립은 키덜트 문화를 이끄는 대표격이 된 반면, '다꾸'는 어떤 취급을 받고 있는가.

이 글의 처음으로 돌아가 '다이어리'라는 단어가 들어간 자리에 '일기'를 넣어본다. 문장의 느낌이 달라질까? '일기' 대신 '저널'도 넣어본다.

◦   매월 마지막 날은
      다이어리를 쓰며 하루를 마무리한다. (…)

◦   매월 마지막 날은
      일기를 쓰며 하루를 마무리한다. (…)

◦   매월 마지막 날은
      저널을 쓰며 하루를 마무리한다. (…)

사전적 정의로는 다이어리와 일기가 비슷한 뜻을 갖고 있지만 용례를 찾아보면 미묘한 차이가 드러난다. 학교 선생님이 '방학 동안 일기 몇 편을 써오세요'라고 말하는 건 상상할 수 있지만 '다이어리 몇 편을 써오세요'라고 말하는 건 어색하다. '다이어리 꾸미기'라는 표현과 '일기 꾸미기'는 완전히 다른 느낌이다. 전자는 각종 다꾸 용품을 활용해 아기자기하게 노트를 꾸미는 모습이 떠오르지만 후자는 일기를 왜? 어떻게 꾸미지? 의아해진다.

더욱 놀라운 건 저널의 경우다. 한국에서는 저널이라는 단어가 정기적으로 간행되는 신문이나 잡지를 일컫는 외래어로 사용되고, 다이어리나 일기에 비해 전문적인 내용을 담은 글을 가리킨다. 인스타그램에서 해시태그로 검색해보면 사용 빈도와 차이를 실감할 수 있다. #일기 해시태그로 등록된 게시물은 364만, #다이어리로 등록된 게시물은 288만 건이지만 #저널로 등록된 게시물은 6.6만 건에 그친다. 그만큼 한국에서는 일기나 다이어리에 비해 저널이라는 단어가 한정적으로 사용된다는 걸 알 수 있다. 셋 중에서 두 개 이상의 해시태그를 혼용하는 경우도 많겠지만, 대체로 #일기 해시태그로 등록된 게시물은 특별히 노트를 꾸미지 않고 줄글 형태로 써 내려간 경우가 많다. #다이어리 해시태그로 등록된 경우엔 간단한 수준에서 굉장히 화려하게 꾸민 경우까지 다양한 다이어리 꾸미기를 구경할 수 있다.

반면 영미 문화권에서 저널은 조금 더 광범위한 뜻으로 사용된다. 역시 인스타그램에서 검색하면 #journal로 등록된 게시물이 972만 건, #diary로 등록된 경우가 747만 건으로 나온다. 영어권에서 '저널'은 기록의 다른 말이기도 하고, 한국에서 말하는 '다꾸'처럼 스티커, 마스킹테이프, 그림, 캘리그라피 등으로 자유롭게 노트를 꾸미고 일기를 쓰는 것을 포괄한다. 쓰는 사람이 직접 페이지를 구획하고 원하는 기호를 사용해서 기록하는 것을 '불렛저널'이라고 부르는데, #bulletjournal로 등록된 게시물은 999만 건에 다다른다. 'planner'가 들어가는 해시태그로 등록된 게시물도 이와 유사하게 많다. 그러니 조금 더 다양한 방법을 찾아보고 싶은 분들은 journal, bulletjournal(또는 bujo), planner와 같은 단어가 들어가는 해시태그로 검색해보길 추천한다. 구글과 유튜브, 인스타그램 어디에서든 신세계가 열린다. 자기만의 개성을 담아 꾸준히 기록하는 이들이 세계 어디에나 존재한다.

책상에 앉아서 작은 노트를 열고 무언가 쓰는 데 열중하는 모습. 그것을 다이어리, 일기, 혹은 저널, 그중 무엇이라 부르든, 유치하고 미성숙한 행위로 간주

하는 걸 거절한다. 고민하며 문장을 고르는 모습. 펜을 쥔 손을 조금씩 움직이며 집중하는 모습. 세상에 아무런 변화도 가져오지 않을 것처럼 고요한 모습이지만 그 속에는 많은 생각이 끓고 있다. 대단한 글을 쓰려는 게 아니다. 그럴싸한 작품을 만들려고 하는 것도 아니다. 다만 내가 원하는 방식으로 나의 이야기를 남기려고 노력하는 중이다. 있는 그대로 솔직한 나의 시간을 기록하고 꾸민다.

매일 작은 창작을 한다.

'해야겠다'라는 마음만으로는 꾸준히 기록하기가 힘들었다. 좋아하는 마음이 먼저 와야 했다. 책 읽기를 좋아하게 되니 읽은 책과 관련해 떠오르는 생각을 남기고 싶다는 생각이 들었다. 그러고 나서야 '하고 싶다'는 마음이 '해야겠다'라는 마음으로 넘어갔다. 소소하게 떠오르는 생각을 메모하는 것부터 시작해서 조금씩 영역을 넓혀갔다. 하는 김에 하고 싶은 건 다 해보자. 그렇게 기록하다 보니 3년 동안 열다섯 권이 넘는 독서노트가 쌓였다. 몇 번의 시행착오를 거쳐 두 가지 종류의 기록으로 자리 잡았다.

첫 번째 노트는 '자유노트'다. 말 그대로 '자유롭게' 기록하는 것이 중요하기 때문에 아무것도 그려지지 않은 무지 노트를 사용하고 있다.

아무것도 정해진 양식 없이, 책을 읽고 떠오르는 인상을 남겼다. 다양한 분야의 책을 읽으려고 노력하다 보니 책을 읽고 남기고 싶은 기록의 형태도 매번 달랐다. 어떤 책은 오랫동안 마음에 기억하고 싶은 문장이 많았다. 가벼운 마음으로 읽기 시작하다가 정신을 차려보면 한참 동안 밑줄을 긋고 있는 책. 그런 책을 만나면 좋았던 문장을 한가득 필사하고 싶어졌다.

어떤 책은 읽고 나서 한두 문장 정도로 간단하게 감상을 정리할 수 있었다. 그럴 때는 옮겨쓸 내용 없이, 나의 감상만 메모하고 말았다. 읽고 나서 머릿속에 떠오른 이미지를 그림으로 남겨놓고 싶은 책도, 읽는 동안 머릿속을 떠나지 않는 질문이 있는 책도 있었다. 전자는 노트에 그림을 그렸고 후자는 질문 리스트를 정리해서 내가 생각하는 답변을 함께 남겼다. 독서노트에 기록하고 싶은 내용이 없다면? 아무 말도 남기지 않고 다음 책을 읽었다. 자유노트를 쓸 때는 어떤 것에도 구애받지 않고 기록하고 싶은 내용을 원하는 방식으로 남긴다.

두 번째 노트는 '리딩저널'이라고 이름을 붙였다.

주간 메모 페이지와 월간 달력 페이지를 갖춘 다이어리 혹은 일지다. '다이어리'나 '일지'라는 단어 자체가 매일 무언가를 꾸준히 해야 할 것 같은 부담을 준다. 이런 종류의 기록을 한 번도 성실하게 채워본 적이 없었기 때문에 리딩저널을 기록하기로 마음먹고 두 가지 원칙을 세웠다. 무엇이든 나를 조금 더 발견할 수 있는 내용을 기록할 것. 그리고 부담스럽지 않게 적은 양을 기록할 것. 그 결과 리딩저널은 독서생활의 질을 추적할 수 있는 기록이 되었다.

리딩저널은 매월 초 이번 달 독서생활의 목표를 적는 페이지로 시작한다. 주로 '○권 이상 읽기', 그리고 '○편 이상 리뷰 쓰기'와 같은 목표를 적어 넣는다. 실제로는 목표와 상관없는 책들이 더 많이 내 손을 거쳐 가지만, 목표를 적어두는 것만으로도 의미가 있다. 한 달 동안 의식하며 나아갈 방향을 정하면 독서생활이 끊기지 않고 이어지는 데 도움이 된다.

주간 메모 페이지에는 날짜별로 서너 문장을 쓸수 있는 칸을 만들었다. 하루에 10분을 읽더라도 그날 읽은 분량에 대한 생각을 남기기 시작했다. 10분밖에 안 읽었는데 무슨 말을 쓸 수 있을까? 읽은 내용을 쓰는 것이 아니라 10분 동안 그 책을 읽은 나에 대해 쓰면 된다. 어떤 이유로 10분밖에 책을 읽지 못했는지, 그렇게 읽었더니 그 책을 더 읽고 싶었는지, 혹은 더 읽고 싶지 않다면 어떤 점 때문인지. 이런 식으로 생각을 남기다 보면 하루치 기록이 금세 채워진다.

마지막으로 월간 달력 페이지에는 달력 모양에 한 달 동안 읽은 책에 대한 간단한 감상을 남겼다.

완독한 책 리스트와 감상을 한눈에 파악하고 싶

어서 그림과 색상으로 기록하는 방법을 선택했다. 책 표지 모양을 그리고 책의 제목을 쓴 뒤, 일곱 가지 색상(빨강: 재미, 주황: 감동, 노랑: 개성, 초록: 영감, 파랑: 보람, 분홍: 정보, 보라: 재독희망) 중에서 해당하는 색상을 그려 넣어 감상을 표시한다. 완성된 월간 달력은 완독 권수와 감상 포인트뿐 아니라, 어떤 책이 가장 강렬한 인상을 남겼는지, 그리고 어떤 분야를 가장 많이 읽었는지도 파악할 수 있어서 나의 독서 취향이 고스란히 드러난다.

좋아하는 일을 기록하는 건 그 세계를 더 깊고 넓게 만드는 일.

달리기를 좋아하고 오랫동안 이어가고 싶은 사람이라면, 달릴 때마다 어느 정도의 거리를 얼마만큼 뛰었는지 기록할 수도 있지만 달리기를 위해 어떤 고민을 하고, 무엇을 준비하고, 달리기를 통해 새롭게 알게 된 사람과 공간을 기록해나갈 수도 있다. 전자는 달리기라는 행위를 결과로 만들고, 후자는 같은 행위를 과정으로 만든다. 한 사람의 달리기 세계를 더 깊고 넓게 만드는 건 후자의 기록이 아닐까.

좋아하는 일이 과정이 되고 좋아하는 세계가 확

장되는 건 그 일을 더 좋아하며 꾸준히 이어갈 수 있
는 힘이 된다.

리딩저널 기록 대부분 이 책이 어떻게 나의 책장에 들어오게 되었는지부터 시작한다. 언제, 어떤 계기로 이 책을 구입했는지. 내가 고른 책이 아니라면 누구에게 어떤 이유로 받은 책인지. 이런 이야기만으로도 두세 문장이 훌쩍 넘어가는데, 모두 실제로 책 읽기를 시작하지 않은 상태에서 이야기할 수 있는 것들이다.

그래서 이런 내용을 '독서-전 기록'이라고 부른다.

독서-전 기록은 본격적인 책 읽기를 시작하기 전이나 그 책과 관련된 어떤 이야기든 기록할 수 있다. 앞에서 이야기한 것처럼 어떻게 책장에 들어오게 되었는지부터 시작하면 좋다. 책은 자의 혹은 타의로 선택되어 책장에 들어온다. 나의 경우 책을 읽다가 다른 책이 언급된 것을 보고 궁금해서 주문하는 꼬리에 꼬리를 무는 독서법으로 구입하거나, 어떤 작가의 책이 마음에 들어서 그 작가의 다른 작품을 찾아보고 여러 권 구입하기도 한다. 책에 대한 정보는 하나도 모른 채로 신뢰하는 독서가의 추천을 믿고 구입하는 책도 있으며, 책방의 큐레이션에 의지하기도 한다. 다른 이에게 선물받은 책도, 우연히 들어간 책방에서 그냥 나오기 아쉬워 마지막 순간에 집어 든 책도 있다.

책을 읽기 전에 그 책을 향한 기대와 감정을 메모할 수도 있다. 책에서 어떤 정보를 기대하는지. 제목과 표지, 작가에 대해 알고 있는 정보를 통해서 이 책을 읽으며 어떤 경험을 하고 싶은지. 특히 사놓고 오랫동안 읽지 않고 미뤄두다가 뒤늦게 읽게 된 책이 있을 때 그렇게까지 책에 손이 가지 않던 이유도 적어두면 좋다. 책 읽기를 앞두고 찾아오는 설렘, 즐거움, 기분 좋은 기다림이나 어쩔 수 없이 읽어야 하는 의무감, 거리감, 높은 마음의 장벽까지 무엇이든 독서-전 기록이 된다. 사각형의 책이 활자로 가득 찬 수영장이라면, 다이빙대 위로 올라가게 된 사연과 그 위에 서서 물속으로 뛰어들기 전까지의 마음을 적어두는 것이다.

미국의 교육심리학자인 로버트 글레이저는 수업을 출발점과 도착점이 정해져 있는 하나의 과정으로 본다. 교육의 효과를 높이기 위해선 학습자의 출발점 행동을 정확하게 진단하는 것이 선행되어야 한다고 주장한다.

출발점 행동entering behavior이란 학습자가 이전 학습 과정을 이해하고 있는 정도를 가리키는데, 이를 분석함으로써 실제 학습 과정의 목표를 어떻게 설정해야 할지 결정하게 된다.

출발점을 분석하는 행위는 학습이 시작되는 순간의 학습자를 무(無)의 상태로 보지 않는다는 것을 의미한다. 만약 누군가 2시간짜리 수업을 앞두고 있다면, 그 사람은 아무것도 적혀 있지 않은 백지 상태가 아니라 이전까지 그 주제와 관련된 다양한 경험이 기록된 종이와 같다. 이전 경험이 그 주제와 밀접하게 관련된 것이어서 너무나 또렷하게 기록되어 있을 수도 있고, 간접적이고 은유적으로 연결된 경험이라 희미한 흔적으로 가득할 수도 있다.

어느 쪽이든 출발점을 이해하는 것은 앞으로 이어질 학습 경험을 이해하는 데 중요한 지침이 된다.

책 읽기를 통해서도 변화하고 성장한다는 점에서 학습자와 독자, 학습 경험과 독서를 나란히 놓을 수 있다. 책 읽기를 출발점과 도착점이 정해진 하나의 과정으로 본다면 책 읽기는 언제부터 시작될까. 본문이 시작되는 첫 장을 펼칠 때부터가 아니라 책이 나의 책장에 들어오는 순간부터 시작된다고 생각한다. 이유 없이 책장에 들어오는 책은 없다. 나도 모르는 사이 언젠가 책장에 꽂혀 있는 책에도 사연은 있다.

독서-전 기록은 책 읽기의 출발점을 알려준다. 등대처럼 은은하게 길을 비추면서 독서의 과정을 다채롭게 만들 것이다.

여러 종류의 기록을 시도했지만, 그중에서도 독서기록을 가장 오랫동안 이어가고 있다. 책을 읽으면서 혹은 다 읽고 나서 떠오르는 생각과 감상을 기록한다. 읽은 책을 빠짐없이 기록할 필요도 없다. 책마다 기록해야 하는 최소한의 양식을 정해놓지도 않았다. 기록하고 싶은 내용이 있으면 어떤 것이든 자유롭게 기록한다.

생각과 감상을 최대한 솔직하게, 있는 그대로 기록해야 한다. 이것만은 유일하게 지키려고 노력한다.

솔직하게 기록하기 위해 노력이 필요하다는 말이 생소하게 느껴질 수도 있다. 머릿속에 떠오르는 생각을 그냥 쓰면 되지 않을까? 그런데 그것이 생각보다 쉽지 않다. 분명히 책 한 권을 다 읽었는데, 마지막 장을 덮고 나서도 아무런 생각이 안 들 때가 있다. '그랬구나' 또는 '그래서 어떡하라는 거지?' 같은 한 마디가 유일한 잔상처럼 남는 경험. 생각과 감상의 주체는 '나'이지만 그것을 끌어내기 위해서는 내가 주체가 되는 연습이 필요했다.

처음에는 조금 더 진하게 다가오는 문장을 표시하는 것부터 시작했다. 책 속의 문장을 눈으로 따라가다 보면 어떤 문장은 다른 문장보다 더 크고 강렬하게 다가온다. 분명 같은 폰트와 크기로 적혀 있음에도 진한 울림을 남기는 문장들. 표시해둔 문장을 다시 살펴보면서 그 이유를 고민해보고, 언어로 표현하려고 노력했다. 처음에는 간단한 단어나 구절로 인상 깊은 이유를 메모하다가 조금씩 자세하게 기록을 남겼다. 그렇게 연습하다 보니 이제는 한 권의 책을 읽고 생각과 감상을 메모하는 것만으로 여러 페이지를 채울 수 있게 되었다.

예를 들면 이런 식이다.

『여자아이 기억』에서 예순이 넘은 아니 에르노는 열여덟 살에 있었던 일을 회고한다. 그 시절의 자신을 완전한 타인으로 보고 멀찍이 떨어져 관찰하듯이 적어 내려간다. 그런 장면을 읽으면서 '과거 시점의 이야기가 자꾸 끊기면서 현재 시점과 교차되어 전개되는데, 이야기를 이어가는 것이 힘들어서 그런 것처럼 느껴진다.'라고 적었다. 다른 페이지에서는 '○○여행에서 내가 들었던 말들이 고스란히 떠오른다.'라고, 또 다른 페이지에서는 '너무 잔인해서 읽기 힘들 정도'라고 적었다.

　이렇게 남긴 단상들은 책에 관해서뿐만 아니라 나에 관해서도 많은 것을 알려준다. 화자가 과거 시점의 이야기를 이어가기 힘들어서 현재로 돌아오는 것 같다고 추측하는 건 숨기고 싶은 과거에 대해 이야기하는 것이 나에게도 힘든 일이기 때문이다. 화자가 현재의 자신과 열여덟의 자신을 다른 사람처럼 분리해 이야기하는 것을 보고 완전한 타인처럼 분리하고 싶은 시절의 나를 떠올리고, 이런 식으로 거리를 둠으로써 그때의 나를 이해할 수도 있겠구나, 하고 생각한다. 주체성을 상실하고 타인의 의지에 끌려다니며 상처와 고통을 제대로 감각하지 못하는 주인공을 보면서 비슷한 경험을 떠올린다. 작품 속 화자를 통해 이제야 어떤 시기 내가 힘들었던 이유가 타인의 의지에 나를 내어주었기 때문이란 걸 깨닫는다. 내 안에 자리 잡은 수많은 경험과 기억, 그로 인한 감정이 조금씩 밖으로 나온다.

　책을 읽고 기록을 하기 전까지 나는 생각이 많은 것이 싫었다. 그냥 넘어가지 않고 골똘히 고민한다고 해서 달라지는 것도 없었다. 다른 이의 감정에 공감해서 나의 마음이 빠르게 오르내리는 것도 싫었다. 일상의 평화를 유지하기 위해서는 작은 일에 동요하지 않아야 했다. 그러나 책을 발판 삼아 내 안의 생각과 감정을 꺼내면서 그것이 더욱 풍부하게 기록할 수 있게 만드는 힘이라는 걸 알았다.

　모른다고 생각했지만 실은 어딘가에 이미 존재하고 있던 나를 발견한다.

한동안 일기를 쓰지 않았다. 매일 새로운 하루가 찾아왔지만 얼마의 시간이 흐르고 나면 비슷하게만 느껴졌다. 크게 보면, 결국 돈을 벌기 위해 주어진 일을 하는 날들. 책상 앞에 앉아 노트를 펼치면 그저 그랬음, 특별한 일은 없었음, 이런 말만 떠올랐다.

일기를 쓰는 것이 마음을 들여다보고 나의 일부를 기록하는, 나를 돌보는 일이라기보다 내일 더 잘난 내가 되기 위해 써 내려가는 반성문 같았다. 도대체 언제까지 발전해야 하는 걸까. 그래서 일기 쓰기를 그만두었다. 대신 업무일지를 쓰기 시작했다. 해야 하는 일을 기록하고, 완료한 일은 두 줄을 긋고, 마감일을 놓치지 않기 위해 빨간 펜으로 별을 그리고.

기억은 언제나 빈틈을 남긴다.

얼마 전 그 시절의 업무일지를 열어보았더니 달력이 끝나는 지점부터 업무와 상관없는 기록이 나왔다. 띄엄띄엄 남아 있는 글은 분명 일기를 닮아 있었다. 공적인 내용만 기록했다고 생각했던 기억이 잘못되었다는 데 놀라고, 적혀 있는 내용을 보고 더욱 놀랐다. 처음으로 폭언을 들었던 날. 화장실에서 몰래 울음을 삼키던 날. 부당한 일을 권위로 밀어붙이는 이를 향해 끓어오르던 분노와 아무 말도 하지 못한 스스로를 향한 자책. 내가 바꿀 수 있는 것이 아무것도 없다고 믿었던 순간의 무력감. 가장 힘들었던 순간들이 정제되지 않고 날 것 그대로 담겨 있었다.

그해를 돌아보면 모든 순간이 불행하지는 않았다. 마음이 맞는 이와 무엇을 먹을지 고민하며 소소한 재미를 찾기도 했고 먼저 말을 꺼내기도 전에 나의 마음을 알아차리고 도와주려고 다가오는 이도 있었다. 이런 순간이 있어 그래도 살만하다, 생각했던 날들이었다. 그렇지 않았다면 버티지 못했을 테니까.

일기장에 남아 있는 조각들은 날카롭고 끔찍하기만 했다. 내가 쓴 것이 맞나 의아할 정도로. 담겨 있는 불행이 너무나 생생해서 그 시절의 다른 모든 날을 잡아먹어버렸다.

나는 불행에 쉽게 매혹당했다. 어둡고 불안하고 뜨거운 감정들은 무섭지만 강렬했다. 책을 읽을 때도 그런 이야기에 쉽게 끌렸다. 현재에 감사하며 살라는 말은 걱정이 없는 사람이나 할 수 있는 말이라고 생각했다. 태평한 인물은 멀리하고 고뇌하는 인물에 공감했다. '행복해서 죽을 것 같은 순간에 써 내려간 작품을 읽어본 적 있어? 문학의 본질은 슬픔이야.' 함께 읽던 친구들과 이런 농담을 주고받기 일쑤였다.

지난날의 불행을 품은 기록을 마주하니 정신이 번쩍 들었다. 이제는 불행에게 남은 시간을 잡아먹히고 싶지 않았다. 나는 좋은 순간을 기록하는 습관을 기르기로 했다.

일주일에 두 번 이상 산책을 다니기로 하고 다녀온 뒤 산책 일기를 쓰기 시작했다. 무슨 일이 일어나길 기다리기보다 주변을 유심히 관찰했다. 마음에 드는 풍경이 보이면 사진을 찍었다. 나뭇잎이 하늘을 배경 삼아 불규칙하게 펼쳐진 모습을 좋아해서 산책할 때마다 한 장씩 사진을 찍어두는데 그러면 그 사진이 그날의 일기가 되었다. 산책하다가 길고양이를 발견하면 잠시 멈춰섰다. 운이 좋으면 눈인사도 나눴다. 그리고 마음으로 '오늘 산책은 1고(고양이 한 마리를 보았음)했다!'고 외쳤다. 날씨가 정말 좋고 바람이 솔솔 부는 날에는 '8고'까지 한 날도 있었다. 산책 일기는 곧 고양이 일기도 된다.

지난달부터는 '한 줄 일기'를 쓰기 시작했다. 더도

말고 덜도 말고 하루에 딱 한 줄만 쓴다. 오늘 하루 기억에 남는 순간에 대해 딱 한 줄. 책상에 앉은 그 순간 떠오른 것에 대해 딱 한 줄. 무슨 이야기를 쓰지? 그런 고민을 하기도 전에 한 줄을 채운다. 깜빡하고 며칠을 못 쓰면 사진첩을 열어 남아 있는 사진을 보면서 기억을 되살려본다.

한 줄은 남는 게 있다.

강렬한 불행이 아니라 그저 그런 순간을 기록하는 일은 내가 보낸 많은 시간 중에서 작은 조각 하나를 기억하는 일이다. 다양한 맛으로 이루어진 한 판의 피자를 먹는다면 그중에서 가장 맛있었던 조각에 대해 쓰는 것이 아니라, 어느 것이든 상관없는 하나의 조각에 대해 쓰는 일. 그건 내가 가진 순간들을 자세히 들여다보려는 노력이기도 하고 아무렇지 않은 날을 보낸 보통의 나를 응원하는 일이기도 하다.

좁고 깊은 대화를 좋아한다. 많은 사람이 있는 곳에서는 주로 정신이 길을 잃고 방황하기 때문에 소담한 분위기에서 서로에게 충분히 집중하면서 주고받는 대화를 좋아한다. 적당히 눈을 마주치고, 또 적당히 시선을 비껴가기도 하면서 상대의 말을 듣고 이후에 건네고 싶은 말을 떠올리는 시간. 그런 시간을 보내다 보면 내가 모르는 세계를 간접적으로 경험하기도 하고, 혼자서 생각하지 못했던 감정과 의견을 접하고 새로운 생각이 피어나기도 한다.

온전히 서로에게 집중하며 대화를 나눌 때 느끼는 정신적인 충만함.

책을 읽으며 기록을 할 때도 그런 기분이 든다. 활자를 천천히 따라가다 공감하는 문장이 나오면 노트에 옮겨적는다. 공감하는 정도에 따라서, 그 문장에 남은 인상의 강도에 따라서 별을 하나 더하기도 하고, 두 개 더하기도 한다. 나의 경험 중 하나를 떠올리게 만드는 문장이 나오면 페이지를 적고 메모한다. 어떤 점에서 옛 경험이 떠오르는지, 나의 그것과 그의 그것은 어떻게 다른지, 시간이 흐르고 나서 돌아보니 어떤 감정이 드는지. 때로는 듣는 이가 없어서 혼자 생각을 펼쳐나가는 것처럼 생각이 길어진다. 그의 문장에 동의하지 않을 때도 있었다. 그럴 때는 페이지를 적고 크게 Q 또는 물음표를 그리고 질문을 적었다. 이 부분은 어떤 의미로 쓴 걸까? 내가 생각하는 것 말고 다른 의미가 있을까? 당장 답을 얻을 수 없는 질문이어도 괜찮았다. 나는 이렇게 질문이 떠오르고 쉽게 공감하지 못하는 지점을 볼록 튀어나온 돌멩이처럼 여겼다. 길을 걷다가 돌멩이에 발이 걸려 휘청거리는 것처럼 그냥 넘어가지 못했다.

그렇게 모인 질문 중 일부는 책을 다 읽고 나면 저절로 풀리는 것도 있었다. 그렇지 않은 질문에 대해선 다른 사람들의 의견을 찾아보기도 했다.

기록하며 읽는 과정은 아주 느리게 주고받는 대화를 닮았다.

종이 너머의 저자는 자신의 차례를 마쳤다. 가늠할 수 없는 시간을 쏟아서 하고 싶은 말을 정돈하고 정돈했을 것이다. 그렇게 완성된 한 권의 책으로 저자의 차례가 끝났다면, 다음은 내 차례였다. 그의 말을 천천히 톺아나가며 거기에 나의 말을 더할 차례. 한 공간에 동시에 존재하지 않지만 그렇기에 상대의 말에

귀 기울이는 데 충분히 시간을 들일 수 있었다. 어디까지 그의 말을 들을 것인가. 그것도 순전히 마음먹기에 달렸다.

한참을 집중하고 나면 여러 페이지의 기록이 남았다. 수많은 페이지 중에서 아무에게도 공유하지 않은 페이지들은 얼핏 혼잣말을 닮았다. 어쩌면 그건 아주 긴 혼잣말 뒤에 남은 또 다른 혼잣말. 그러나 다른 이의 글을 바탕으로 생각이 새롭게 태어나고, 감정을 확장해나가는 과정이기 때문에 계속해서 움직이는 대화이기도 하다.

더 많은 사람과 대화를 이어가고 싶을 때 기록은 중요한 출발점이 된다. 적어두었던 내용 중에서 가장 궁금한 부분, 나에게 가장 깊은 인상을 남긴 부분을 중심으로 고른 몇 가지 주제에 집중해서 생각과 감상을 정리한다. 그리고 SNS와 독서모임처럼 그 책을 읽은 사람과 연결될 수 있는 공간에 올린다. 그의 글에서 바통을 이어받은 나의 기록으로 새로운 대화를 시작한다.

사라지지 말고
끝까지 남아 네 이야기를 해

3부

독서노트

일상적으로 사용하는 지도는 하늘에서 땅을 바라보고 있다. 장소의 개별적인 특징은 지워지고, 정해진 정보를 전달하는 그래픽으로 치환된다. 각각의 건물은 속이 텅 빈 네모 또는 레고 블록처럼 보인다. 네모와 네모, 그런 식으로 비어 있는 도형들이 이어지고 옅은 색으로 구획된 지도를 보고 있으면 그곳에서 누군가 밥을 먹고, 외출했다 돌아오고, 다른 사람과 대화하고, 웃거나 울고, 잠을 자는 모습을 상상하기 힘들다. 이런 지도는 목적지를 정확하게 알고 있을 때 유용하다.

가고 싶은 곳을 검색하면 연락처, 운영 시간처럼 필요한 정보를 빠르게 확인할 수 있고, 현재 위치에서 목적지까지 최단 경로를 단숨에 알아낼 수 있다. 어떤 방법을 선택하느냐에 따라 시간이 얼마 정도 걸릴지도 상당히 정확하게 예측한다. 그러나 그곳에 도달하기까지 거쳐야 하는 중간 과정은 생략된다.

지도로만 보던 길을 걷는 일은 하늘에서 땅으로 내려다보던 시선을 아래로 가져오는 일이다. 인간은 한 번에 양쪽 어깨를 넘어서지 않는 정도만 겨우 볼 수 있다. 한정된 시야 안에 보이는 장면을 관찰하면서 조금씩 앞으로 나아간다. 지도에서 비어 있는 블록처럼 보이던 건물들은 모두 다른 질감과 색상을 가지고 있다.

어떤 건물은 낮은 담장을, 어떤 건물은 아기자기한 우편함을 가지고 있다. 건물과 건물 사이 큰 나무 위에는 처음 보는 종류의 새가 울고 있다. 건물 앞에 나와 있는 누군가와 대화를 나눌 수도 있다. 목적지까지 얼마나 더 가야 하는지 알 수 없고 때로는 이 길이 맞는지도 확신할 수 없지만, 위에서 아래로 내려다보는 시선으로 제작된 지도에서 텅 빈 레고 조각에 지나지 않았던 곳들에 새로운 의미와 정보가 더해진다.

낯선 곳을 혼자 여행할 때 걸어 다니기를 좋아한다. 그곳에서 보내는 첫 번째 날을 '길 잃는 날'로 정하고 숙소 근처를 무작정 걸어 다닌다. 마음에 드는 골목을 찾을 때까지 이어지는 길을 걷고 또 걷는다. 그렇게 여행하다 위험했던 적도 있었다. 한겨울, 올레길을 걸을 때였다. 점심시간이 지났는데 식사할 곳은 보이지 않고 물과 간식은 떨어져 있었다. 설상가상으로 날씨가 급격하게 추워졌다. 함박눈이 쏟아지고 바람도 거칠게 부는데 주변에는 아무도 없었다. 춥고 배는 고프고. 이런 상태로 조금만 더 있다간 위험하겠다는 생각이 들 때쯤, 작은 자동차 한 대가 나를 지나쳤다가 천천히 후진을 해서 내 곁에 섰다.

"도와드릴까요?"

혼자 서 있던 내가 위험해 보였던 걸까. 덕분에 제주 시내로 이동해서 안전하게 숙소까지 갈 수 있었다. 몇 번의 시행착오를 거쳐 위험에 대비하는 방법을 배웠고 여전히 낯선 골목을 걸어 다니고 길 잃기를 좋아한다. 우연히 들어간 골목에서 마주한 풍경과 걸어 다닐 때만 느껴지는 감각을 잊지 못해서.

책을 읽고 어떤 기록을 남길 수 있을지 오래 고민했다. 여러 가지 스타일을 시도해보았고, 지금도 한 가지 방법이 아닌 여러 패턴의 기록을 남기고 있지만 그중 가장 좋아하는 방법은 책 속의 페이지를 천천히 따라가면서 기록하는 것이다.

책과 노트를 나란히 펼쳐놓으면 종이와 종이가 만나 새로운 길을 만드는 것 같다. 활자가 만드는 길이 노트 속의 손글씨로 이어지고, 손글씨가 만든 길이 다시 책 속의 어느 문장으로 이어지는 방식으로. 부지런히 손을 움직이며 읽는 일은 눈으로 책을 읽을 때보다 훨씬 더 많은 시간이 들어간다.

책 속에서 오래 머물 수 있는 방법이다.

이것은 여행을 다녀와 나만의 지도를 만드는 것과 닮았다. 종이에 적힌 활자를 통과하는 동안 어떤 식으로든 나의 내면을 마주하게 된다. 어떤 책은 문장이 너무 좋아서 읽고 또 읽게 되고, 어떤 이야기는 그동안 모르고 있던 내면을 일깨워준다.

어떤 이야기는 아무리 열심히 읽어보려고 해도 정이 붙지 않아 자꾸만 책 읽기를 미루게 되는데 그렇게 미루는 이유를 알게 되는 것도 의미가 있다. 책을 덮는 순간, 페이지들을 통과하는 동안, 내 안에 일어났던 변화를 함께 덮어버리는 기분이 들 때가 있었다. 그냥 그렇게 덮어버리고 싶지 않다는, 어딘가에 기록을 해야겠다는 생각이 들 때마다 독서노트를 찾았다. 그렇게 쓰기 시작한 노트가 어느새 열다섯 권을 넘었다.

내가 지나온 책을 보여주는 지도가 이만큼이나 늘었다.

종이 위로 가지런히 놓인 글자들이 품고 있는 시간을 상상한다.

예를 들어 데버라 리비의 에세이 『살림 비용』에서 '자유는 결코 공짜가 아니다'라는 문장을 마주하면 그 문장을 적어 내려간 저자가 누리고 있을 자유와 누리기 위해 지불한 대가를 헤아리게 된다. 늦은 밤 두 아이를 재우고 혼자 부엌 식탁에 앉아 좋아하는 음료를 한 잔 가져다 놓고, 노트북을 열고 글에 자신의 목소리를 온전히 담기 위해 고심하는 모습. 가장 고요한 시간에 가장 시끄러운 내면을 관찰하는 중일 것이다. 그런 상상을 하면 그녀가 앉아 있을 탁자의 질감, 키보드 치는 소리, 쓸쓸하지만 기분 좋은 커피 향 같은 것들도 떠오른다. 이 순간을 위해 그녀가 얼마나 많은 시간과 에너지를 하루 또는 그 이상 갈아 넣었을지 짐작하게 되고, 때로는 나의 기억 속에서 비슷한 장면을 불러오기도 한다.

독서는 이렇게 활자를 눈으로 읽는 것에 그치지 않고 모든 감각을 활용하는 적극적인 활동으로 확장된다.

책을 읽는 동안 머릿속에 떠다니는 이미지들을

그대로 흘려보내는 것이 아쉬워 독서노트에 그림을 그리기 시작했다. 처음에는 이야기에 등장하는 강렬한 소재를 골라 그렸다. 이를테면 파블로 네루다의 집에 걸려 있는 눈 모양 장식이나 가라앉은 자와 살아남은 자를 비추는 등대 같은. 감이 잡히지 않을 때는 인터넷에서 검색한 뒤 상상한 것에 가장 가까운 이미지를 참고했다. 지금은 두 페이지 가득 책 표지를 따라 그리기도 하고 상징적인 소재를 한 자리에 모아 요약하듯 콜라주를 완성하기도 한다. 언제든 그 페이지를 펼치면 책을 읽을 때 머릿속의 풍경들이 다시 떠오른다. 활자로 가득한 페이지도 좋지만 그림 반, 활자 반, 또는 활자가 아닌 것들로 채워진 페이지는 다른 의미로 좋다. 최선을 다하여 형용할 수 없는 마음을 담아낸 느낌.

이렇게 작성한 페이지를 뭐라고 부르면 좋을까. 그림과 글이 마음대로 뒤섞인 노트를 다른 이에게 보여주는 과정에서 고민이 시작되었다. 나는 그림을 배워본 적 없고 이것은 나만의 독창적인 그림도 아니었다. 좋아하는 구절을 옮겨 썼으니 필사노트라고 불러야 할까? '필사'나 '필사노트' 같은 키워드로 검색을 하면 한결같은 글씨체로 빼곡하게 채운 페이지들이 나온다. 기분에 따라 글씨체가 달라지고, 그림이나 감상이 불규칙하게 더해진 사례는 찾아보기 힘들었다. 독서노트로 검색하면 정해진 양식을 갖춘 노트들이 나왔다. 일관되지 않고, 쓰고 싶은 내용만 남긴 이 노트를 무어라 불러야 할지. 어떤 단어를 가져다 놓아도 충분히 설명되지 않았다.

애매한 기분이 낯설지는 않다. 나는 자주, 내가 명확하게 정의되지 않는다는 생각을 한다. 한 가지를 특출하게 잘하기보다, 두루두루 애매하게 잘하는 사람.

너는 어떤 사람이야? 라는 물음에 대답하려면 그리고…, 아니 그런데……, 하며 말이 길어지는 사람. 서울에서는 부산 사람이지만 부산에 내려가면 서울 사람. 국문과에선 영문과 간 아이, 영문과에서는 국문과에서 온 아이.

기간제 교사로 근무할 때 역시 마찬가지였다. 학생들은 좋은 부분과 아쉬운 부분을 가김 없이 표현할 줄 알았다. 연말이면 찾아오는 교원평가 서술형 문항에는 아이들의 마음이 가득 담겨 있었다. 그러나 선생님처럼 되고 싶다고 말하는 아이들 앞에서 나는 자주 길을 잃었다. 교실에서는 선생님이었지만 교무실에서는 다른 선생님과 구분되었기 때문에. 선생님이지만 아직 선생님이 아닌 존재. 아직이라는 말은 언제나 미완의 느낌을 준다.

그래서 자신을 소개하는 자리에서 이름 앞에 명사 붙이기를 주저하게 되었다.

"안녕하세요, ○○○ 누구입니다."

빈자리에 들어가는 직업이나 소속, 사회적 위치를 가리키는 명사들은 다른 가능성이 끼어들 틈 없이 단호했다. 나도 오래도록 그런 단호함을 꿈꿨다. 목표를 세우고 열심히 노력하면 그것을 달성할 수 있다고 믿었다. 그러면 머릿속을 떠다니는 고민과 의문들이 잠잠해질 것이다, 그렇게 평화로운 일상을 보낼 수 있을 것이다, 그렇게 믿었다. 너무 순진했던 걸까? 그보다, 진심으로 그렇게 믿었을까? 모르겠다. 어떤 질문은 시간이 지나도 단호한 답을 얻을 수 없다.

오랫동안 몸담았던 곳에서 제 발로 걸어 나왔을 때 나는 내가 지나온 시간에 압도당한 상태였다. 다른 일을 찾아볼 엄두가 나지 않았고 당분간은 아무것도 하고 싶지 않았다. 이런 건 나중에 해도 돼. 무엇이 되고 나면, 얼마든지 할 수 있어. 그런 말들을 지나치게 자주 들었고 스스로도 그렇게 믿고 있었다. 그러나 더 이상 미룰 수 없는 때가 찾아왔다. 항상 다음으로 미루곤 했던 일, 하고 싶었던 일을 하는 데 몰두하기로 했다.

이것이 나에게 어떤 도움이 될까? 유용성을 따지지 않고 읽고 쓰기 시작했다. 좋아하는 일을 좋아하는 만큼 해보고 싶었다. 지금 내 선택의 의미를 따지거나 다음으로 어떤 일이 이어질 것인지 계산하고 싶지 않았다. 시간 날 때마다 읽었다. 내가 모르던 세계가 펼쳐졌다. 생각나는 대로 적어 내려갔다. 머릿속에 떠다니는 것들을 실제로 종이 위에 옮길 때 쾌감이 대단했다. SNS에 책을 읽고 메모한 것들을 올릴 때도 다른 목표는 없었다. 단지 기록을 남기고 싶었다. 특별히 쓸모는 없지만 여기 그런 내가 있다고.

아무 데도 도달하지 못한, 아무것도 아닌 사람.

어쩌면 이것이 나를 설명하는 말이 아닐까. 어디로 가는지 모르고 어디쯤 왔는지도 모르지만 내가 좋아하고 할 수 있는 걸 한다. 완결된 명사보다는 진행 중인 형용사가 어울리고. 애매한 것이 아니라 다채로운 것. 인생을 확신할 수 없다는 점에서 우리는 모두 닮았고 쉽게 정의되지 않는 독서노트도 그런 나를 닮아 있듯이.

소설은 모르는 인물의 이야기를 담고 있다는 점에서 매력적이다. 이야기의 시작점에서 나를 이끌어 줄 인물을 찾아 두리번거린다.

그는 어디 있을까. 그를 믿어도 될까.

이런 질문에 대한 답을 찾기 위해 인물을 자세히 들여다본다. 말을 하지 않는 인물도 무언가 말하고 있다. 그가 주어진 환경을 어떻게 받아들이고, 주변과 어떤 방식으로 영향을 주고받는지 지켜보면서 어느 정도 마음을 열고 따라갈지 결정한다.

소설 읽기는 내가 선택한 인물의 어깨 너머에서 뒤를 따라가며 그의 이야기를 엿보는 것이다.

여기서 '엿보다'라는 표현은 비유적인 의미가 아니다. 나는 감각 정보로 경험을 기억한다. 어릴 적 뒷산에 올라갔던 기억은 가장 행복했던 순간 중 하나인데, 그 순간을 떠올리면 여러 가지 감각들이 동시에 느껴진다. 흙을 밟던 느낌, 주변의 풀에서 나던 냄새, 높이 자란 나무들 덕분에 적당히 어둡고 선선했던 공기. 감각 정보의 중심에는 시각 정보가 있다. 어떤 맛이나 냄새가 났는지, 피부로 어떤 느낌이 전해졌는지처럼 다른 감각이 생략된 기억은 많지만 시각 정보가 생략된 기억은 거의 없다. 나에게 있어서 '기억한다'라는 말은 어떤 장면이 시각적으로 떠오르는 것을 말하고 '경험한다'라는 말은 시각적으로 체험하는 것을 의미한다. 그러므로 인물의 어깨 너머에서 그의 이야기를 엿본다는 말은 그의 경험을 간접적으로 경험하는 나의 감각을 있는 그대로 설명하는 말이다.

나는 이야기 속으로 들어가 그를 본다.

그가 어떤 길을 걷고, 어떤 방에 살고,

무엇을 만지고, 무엇을 느끼는지.

소설을 읽고 독서기록을 남길 때 시각적 이미지를 많이 활용하는 이유도 그래서이다. 어떤 소설은 빠져나오기가 힘들다. 너무 강렬하게 감각을 자극하는 소설은 이야기가 끝난 뒤에도 그 세계의 잔영이 머릿속에 한참 남아 있다. 어떻게 보면 그건 나만 알고 있는 세계이다. 작가가 그린 세계가 있겠지만 글을 읽으며 내가 그린 그것과 완벽히 같을 수 없으므로. 머릿속에 지워지지 않는 잔영을 들고 다니는 건 어디를 가든 풀지 못한 숙제를 가방 안에 넣어 다니는 기분이다. 그래서 그것을 밖으로 꺼내고 싶어진다. 그럴 때 비슷한 느낌의 레퍼런스를 찾아 그림을 그린다.

　　박솔뫼의 장편 소설 『미래 산책 연습』에서 인물들은 부산을 산책한다. 부산은 태어나서 19년 동안 머문 익숙한 곳이었지만 그곳에서 지내는 동안 지극히 한정된 장소를 돌아다녀서 잘 모르는 곳이기도 했다. 알 것 같은데 모르는 곳. 소설에 나오는 부산은 딱 그런 느낌이었다. 알 것 같은데 모르는 그곳을 인물은 산책하고 또 산책한다. 언제 시작되었고 언제 끝나는지 모호한 산책은 과거와 현재, 미래의 선형적 관계를 흐트러뜨린다. 인물의 이야기를 따라가는 동안 원하는 미래를 가져오기 위한 간절한 마음이 느껴졌고 끝나지 않는 산책을 함께 하는 기분이었다. 책을 덮고 실제로 산책할 때마다 장면들이 떠올랐다. 70년대 지어진 부산데파트, 용두산공원의 상징인 부산타워, 오래된 목욕탕과 토요코인 호텔까지. 한 번도 가본 적 없는 곳들의 사진을 찾아 노트에 그려 넣었다. 시작점과 도착점이 정해지지 않은 S자 산책로를 따라 걸으면 소설 속에 나오는 상징적인 장소들을 차례로 통과할 수 있도록. 연필로 기본적인 스케치를 하고 펜과 색연필로 색칠해서 완성했다. 머릿속에서 정처 없이 떠돌며 그려지던 장면들이 정리되었다.

　한강의 장편 소설『작별하지 않는다』를 읽을 때는 소설 속 인물의 고통이 피부로 느껴지는 것처럼 아팠다. 책을 읽고 나서도 한동안 그 감각에 사로잡혀 있었다. 아픔이 사라질 때쯤 책 속에 나오는 검은 나무 꿈이 찾아왔다. 이야기가 시작될 무렵, 인물은 다른 인물에게 악몽을 털어놓는다. '시간과 시간 사이 어딘지 모르는 벌판에 눈이 내리고 검은 나무들 사이로 바다가 밀려 들어온다고.' 두 사람은 함께 악몽을 현실로 만들고 그것을 영상으로 남기기로 약속한다. 커다란 통나무를 수십 개 구하고, 나무에 먹을 입혀 검게 만들고, 그 나무들을 세워 검은 나무 숲을 만들면 그 위로 함박눈이 쌓이는 풍경. 책으로는 확인할 수 없었던 그 이미지를 실제로 보고 싶은 욕망이 매일 조금씩 더 강렬해졌다.

　결국 노트를 펼쳤다. 종이를 기다란 통나무 모양으로 오렸다. 갈색 마카로 색칠한 뒤 검은 펜으로 나무 무늬를 빼곡하게 그려 넣었다. 나무의 가장자리는 조금 굵은 펜으로, 자잘하게 갈라지는 나무껍질 무늬는 얇은 펜으로 그려 넣어야 그럴싸했다. 수십 개의 통나무를 완성한 뒤에는 붓펜으로 검은색을 입혔다. 마카나 라이너펜은 한 번만 그어도 검은색이 선명하게 나오지만 붓펜은 상대적으로 연한 검은색이 나와서 먹을 입힌 것처럼 진한 색이 되려면 서너 번 덧칠해줘야 했다. 다음은 바탕을 그릴 차례였다. 제주의 겨울, 함박눈이 펑펑 내리는 들판을 떠올리면 하늘은 두꺼운 회색빛에 가까울 것 같았다. 아래 4분의 1 지점까지는 푸른색을 칠해 들판을 만들고 나머지 공간은 회색빛 마카로 채웠다. 그리고 완성한 통나무를 하나씩 세워서 붙이기 시작했다. 스무 개가 넘는 통나무를 다 세우고 나니 머릿속으로 그렸던 검은 나무 숲이 어느 정도 눈앞에 나타났다. 마지막으로 하얀색 오일파스텔을 꺼내 눈이 내리는 풍경을 완성했다.

어디서부터 어떻게 시작된 건지 모르겠다. 계획을 세운 건 아무것도 없었다. 어떤 펜을 쓰는 게 좋을지, 도구를 어떻게 바꿀지, 전체적인 크기와 나무의 개수는 어느 정도로 할지. 미리 정하지 않고 그때그때 떠오르는 데로 했다. 그동안 그림을 그리면서 익숙해진 도구들이 있어서 가능했다. 통나무를 그리는 데 가장 많은 시간이 들어갔다. 개수가 많기도 했고, 나무마다 다르게 무늬를 그려 넣는 건 생각보다 정밀한 작업이었다. 나무에 먹을 입힌 뒤에는 빠르게 진행됐다. 하얀 눈을 색칠할 때는 마음이 많이 이상해졌다. 이상해졌다는 말 외에는 그 감정을 설명할 수 있는 표현이 없다. 그림을 그리기 시작한 순간부터 완성할 때까지 책상에서 한 번도 일어나지 않고 네 시간을 보냈다.

내 안에서 무언가 빠져나간 것 같았다.

읽고 나서 그려야겠다는 생각이 반드시 찾아오는 것은 아니다. 그려야겠다는 생각이 드는 책이 가장 좋았던 책인 것도 아니다. 이야기의 좋음은 모두 다른 모양으로 온다. 그것을 보고, 마음속으로 간직하는 것에서 더 나아가고 싶을 때, 밖으로 꺼내고 싶다는 생각이 들 때 이미지로 기록하려고 한다. 때로는 글로 읽는 것이 더 아름답다고 느낄 때도 있고 나의 그림 실력으로는 불가능하다는 걸 알기에 시도조차 안 할 때도 있다. 일단 그런 생각이 들면 다른 무슨 일을 할 때보다 몰입해서 기록하게 된다.

어디까지 나를 보여줄 것인가.

유튜브를 시작하려고 마음먹은 뒤 가장 먼저 마주한 질문이었다. 유명한 채널들을 몇 군데 살펴보니 공통점이 눈에 들어왔다. 진행자가 얼굴을 공개하고 전면에 나선다는 것. '유튜버'라는 단어를 떠올리면 어딘가에 앉아 있는 이의 정면 상반신이 가장 먼저 떠오른다. 진행자는 맞은 편에 시청자가 앉아 있는 것처럼 카메라 렌즈를 바라보며 말을 건다. 표정이나 손짓, 어깨를 들썩이는 작은 몸짓부터 얼굴 생김새와 착장을 비롯한 모든 스타일이 한눈에 들어온다. 최근에 무엇을 먹었는지, 맛은 어땠는지, 좋아하는 장소는 어디고 즐겨 쓰는 제품은 무엇인지. 마주 앉아 얼굴을 바라보는 느낌으로 이렇게 사적이고 구체적인 정보를 여러 편 시청하다 보면 어느새 아는 사이가 된 것 같다.

어디까지 나를 보여줄 것인가.

그건 언제나 나를 괴롭히던 질문이었다. 어느 자리에서나 상대방에게 이떤 모습올 보여줘아 할지 고민하며 우왕좌왕하던 나. 그중에서도 한겨울에 불편한 정장을 입고 아슬아슬하게 걷던 순간이 떠오른다. 대학원을 다니면서 중학교 인턴 교사로 일을 시작했다. 특별히 도움이 필요한 학생들을 위해 보충 수업을 하는 임시 교사를 그렇게 불렀다. 출근 전날 처음 학교에 찾아갔다. 칼바람에 양쪽 볼이 떨어져 나갈 것 같은 추운 날, 나는 얇은 코트 안에 몸에 딱 맞는 투피스 정장을 입고 있었다. 푸근한 인상의 담당 교사는 앞으로 일하게 될 공간과 나의 책상을 알려주고, 어떤 수업을 해야 하는지 설명했다. 이제 끝났구나 싶을 무렵 그녀가 잠시 나를 쳐다보더니 이렇게 말했다.

"그리고, 앞으로 출근할 때는 이렇게 입지 않아도 돼요."

학교를 나와 집으로 돌아가는 길이 유난히 멀었다. 그녀에게 나는 어떻게 보였을까. 바짝 긴장하고 어리바리한 사회초년생? 어떤 날이 닥쳐올지 모르는 순진한 후배? 어떤 문장은 공기로 기억된다. *이렇게 입지 않아도 돼요.* 이 말을 떠올리면 이 말을 건네던 이의 목소리와 눈빛이 함께 떠오르고, 누군가 내 손을 잡아주는 것처럼 따뜻해진다.

나는 그 말을 따르지 않았다. 불안했기 때문이다. 옷차림이 전문성을 보증해주는 것만 같았다. 완벽하지 않으면 그것이 약점으로 보일까 봐 겁이 났다. 똑

바로 해. 너의 모든 것이 평가되고 있어. 어디를 가나 이런 메시지를 받았다. 사립학교에 출근한 지 일주일도 되지 않았을 때 실제로 그런 일이 일어났다. 관리자가 '알아서 복장을 준수하라'는 뉘앙스의 쪽지를 보낸 것이다. 메시지는 구체적이었다. 청바지는 입지 말 것. 치마 길이는 무릎 아래를 준수할 것. 알아서 잘하시겠지만 노파심에 보낸다는 문장과 함께였다. 수신인 명단엔 신규 임용된 여교사들 이름만 적혀 있었다. 며칠 전 청바지를 입고 왔던 남교사의 얼굴이 지나갔다. 중요한 건 사실 여부가 아니었다. 그건 경고였다.

　　너(희)를 지켜보는 눈이 있다.

　　나는 상대방이 기대하는 바를 예민하게 알아차리는 쪽이었다. 출근할 때는 렌즈, 화장, 정장을 한 번도 빼놓지 않고 챙겼다. 다른 건 몰라도 굳이 렌즈를 고집했던 건 그냥 그래야 할 것 같아서였다. 그게 맞는 것 같아서. 권위를 인정받아야 하는 자리에 안경을 끼고 나오는 여성을 본 적이 없었으니까. 하루에 10시간에서 12시간씩 렌즈를 끼니 눈은 금세 건조해졌다. 너무 건조해 렌즈를 토해낼 지경이 되면 여분으로 챙겨놓은 새 렌즈로 갈아꼈다.

만나면 인사 다음으로 외형에 관한 이야기가 자연스럽게 이어지던 시절이었다. 오늘 머리가 어떠하네요, 눈 화장, 피부가, 입술 색이, 입은 옷이, 신발이 어떠하네요. 하루에도 몇 번씩 아무렇지도 않게 그런 말을 들었다. 가까이 다가와 피부를 만져보려는 선생님도 있었고 학생도 있었다. 한번은 나란히 선 채로 질문한 학생에게 설명을 해주었다. 한참 듣고 있던 학생이 내 눈을 빤히 보며 말했다.

"선생님, 속눈썹이 길고 컬이 잘 들어갔네요."

그때의 나는 아마도 이런 생각을 했을 것이다. 아침에 마스카라를 열심히 발라서 다행이라고.

어디까지 나를 보여줄 것인가.

그걸 스스로 정한다고 생각했던 건 착각이었다. 실은 상대방이 보고 싶어 하는 모습을 보여주려고 노력했다. 그건 어디까지 나라고 할 수 있을까? 공적인 자아와 사적인 자아를 분명하게 구분하며 사는 게 목표라고 말하고 다녔고 그렇게 살고 있다고 생각했는데 두 자아는 무 썰 듯 완벽하게 분리할 수 있는 게 아니었다. 오히려 다른 사람들의 시선을 의식한 공적인 자아를 너무 완벽하게 유지하려 애쓰고 허덕이는 동안 사적인 자아는 공허에 가까워졌다.

　　이런 사실을 깨달은 것과 유튜브 채널을 시작한 건 별개의 일이었다. 유튜브를 해볼까, 하는 생각은 우연히 찾아왔다. 사심 없이 올린 기록을 좋아해주고 중간 과정도 보고 싶다고 말하며 응원해주는 마음이 있었다. 기록을 영상으로도 남기고 싶었던 욕심이 그런 마음에 기대어 방법을 찾았다. 다만 나의 욕망에만 충실하기로 다짐한 지 얼마 지나지 않았을 때라 보이는 모습에 너무 많은 에너지를 소비하고 싶지 않았다.

　　대신 내가 보여주고 싶은 것을 전면에 내세우기로 했다. 책을 읽을 때 머릿속을 지나가는 풍경과 마음속에서 울렁이며 밀려왔다가 사라지는 감정들. 문장을 읽고 떠오르는 이미지와 그런 이미지를 하고 싶은 방식으로 스크랩하는 가상의 공간. 좋아하는 책의 표지를 따라 그릴 때, 좋아하는 작가가 상상한 세계를 나의 방식으로 소화해서 표현할 때, 마음이 얼마나 충만해지는지. 허구의 세계에 온전히 집중할 때 강렬히게 연결되는 느낌이 들고, 그것이 어떻게 마음을 위로해주는지. 화면에 담아내기에는 하나같이 추상적인 것들이지만 텅 빈 나를 채워주는 것들이었다.

책상을 나의 머릿속 공간이라고 가정한 다음, 좋아하는 것들을 그곳으로 초대했다. 모르는 사람이 혼자 이야기하는 걸 사람들이 보러 올까? 이런 질문은 유튜브를 준비할 때나 지금이나 예고 없이 떠오르지만. 모르는 사이인지 아는 사이인지 알 수 없는, 어딘가 애매한 사이에서 힘을 얻었던 순간들을 떠올리며 불안한 마음을 다독인다. 그냥 이런 사람이 있다고 말을 거는 것만으로도 충분하지 않을까.

학창 시절 대부분을 기숙사에서 보냈다.

월요일 아침, 학교에 들어가면 토요일이 되어서야 교문을 나왔다. 주말에는 밀린 숙제를 해치우듯 학원을 돌아다녔다. 수업 시간보다 일찍, 또는 늦게까지 남아서 공부한다고 핑계를 대고 1층 책방에서 만화책을 빌려 읽었다.

시험 기간에는 근처 독서실에 몇 시간씩 머물면서 열 권, 스무 권씩 읽어 젖혔다. 좋아하는 것이 생기면 질릴 때까지 파고드는 성격이었다.

읽은 이야기들이 차곡차곡 쌓였다. 학교에 가면 만화 내용을 궁금해하는 친구들이 찾아왔다.

"너 그거 몇 권 봤어? 어떻게 되는지 알려주라."

머릿속으로 등장인물들의 관계와 주요 사건을 복기한 다음 이야기를 시작했다.

"그러니까, 그게 있잖아……."

그렇게 이야기하는 사람이 되었다.

처음에는 한두 명에게 이야기하기 시작한 것이 입소문을 탔다. 만화책 한 권에서 두 권, 때로는 대여섯 권의 줄거리를 이야기하기도 했다. 그러다 보면 시간이 부족했다. 기숙사에서 계속 이야기해주면 안 돼?

우리는 약속한 시각에 방에 모였다. 이유는 모르겠지만 한마음으로 형광등을 끄고 작은 조명을 켰다. 바닥에 커다란 이불을 펼친 뒤 그 속에 발을 넣고 동그랗게 둘러앉았다. 학교에서 있었던 일, 좋아하는 연예인의 근황을 이야기하다 보면 누군가 방문을 벌컥 열고 들어오며 소리쳤다. 아직 시작 안 했지? 모두 모이고 나서야 본격적으로 이야기를 시작했다.

이야기는 나를 통과해 친구들에게 전달되었다. 나는 주연만큼 조연의 이야기에 감정을 몰입하는 스타일이었다. 주인공들의 서사는 결정적인 힌트가 많아 단숨에 요약할 수 있었지만, 조연들의 서사는 생략된 부분이 많았다. 알아차리기 어려운 아리송한 힌트를 포착하고 집작하며 읽는 것이 재미있었다. 친구들에게도 털어놓았다. *원래 이들의 이야기가 그렇게 큰 비중을 차지하지 않아. 내 생각이니까 감안하고 들어 줘.* 친구들은 흔쾌히 괜찮다고 했다. 이야기가 재미있으니까 괜찮다고. 나를 믿고 귀를 기울여주는 청중이 있어 이야기에 더욱 몰입할 수 있었다. 검은 밤 은은한 조명 아래 빛나는 눈빛으로 하나의 이야기에 몰입하는 순간. 이 순간을 영원히 잊지 못할 거라는 예감이 들었다. 심장 근처가 파르르, 기분 좋게 떨리면서 온몸에 약한 전류가 퍼져나가는 것 같았다.

이야기의 밤은 그 뒤로 계속되었다.

주로 만화책이었지만 소설이나 드라마, 영화일 때도 있었다. 내가 꽂힌 부분을 끈질기게 물고 늘어지는 것도 여전했다. *사실 작가는 이렇게 두 사람을 엮고 싶어 하는 것 같은데 말이야, 내가 볼 때는 이런 부분도 있다니까? 그렇지 않아? 진짜로!* 그러면 그럴 수 있다고 생각하는 쪽과 아니라고 생각하는 쪽으로 의견이 갈려서 앞으로 어떻게 전개되어야 할지 한참을 논쟁했다.

다른 날보다 더욱 몰입해서 이야기하게 되는 날도 있었다. 한없이 밝고 긍정적인 인물을 보면서 그러지 못한 자신을 부끄러워하는 인물의 이야기를 할 때는 목구멍 깊숙한 곳에서부터 서서히 뜨거운 파도가 차오르는 기분이 들었다. 떨리는 목소리로 이야기를 이어가는데 듣고 있던 친구들이 눈물을 흘렸다. 마음이 전해진다는 게 이런 걸까. 또 다른 이야기의 밤이 여럿 지나고, 불을 끄고 각자의 침대에 누워 잠들려는 찰나 룸메이트가 말했다.

"지난주에 네가 이야기해준 부분을 읽고 왔는데, 너한테 듣는 게 더 재밌더라."

어쩌면, 이건 내가 잘하는 것일지도 모르겠다는 생각이 들었다. 그런데 그것이 무엇인지 정확히 감이 잡히지 않았다. 다른 사람이 만들어 놓은 이야기를 나의 목소리로 전달하는 것? 그건 다른 사람의 재능일까, 나의 재능일까. 국어 시간에 소설을 낭독하던 직업 이야기꾼을 '전기수'라고 불렀다는 사실을 배웠을 때는 잠시 '이것이다!'라는 생각이 들었지만, 현대 사회에서 전기수가 어떤 직업으로 치환될 수 있는지는 아리송했다. 무엇을 잘한다고, 앞으로 어떤 사람이 되고 싶다고 분명하게 말하고 싶은 욕망은 점점 더 커졌지만, 다른 사람들이 만들어 놓은 이야기는 막힘없이 풀어내면서 나를 설명해야 할 때는 자신이 없었다.

그 시간을 지나며 분명하게 깨달은 것도 있었다. 사건과 화자, 청자의 삼각관계에서 화자가 어떤 방식으로 강력한 힘을 획득하는지. 화자의 선택에 따라 이야기가 어떤 식으로 달라질 수 있는지. 어떤 부분을 이야기하지 않고 어떤 부분을 이야기하기로 결심하느냐에 따라 그것은 완전히 새롭게 태어날 수도 있었다.

원형의 이야기를 찾아보지 않는다면 그것이 청자에게는 유일한 이야기로 남을 수도 있다. 그래서 이야기를 하는 사람은 그만큼 책임감을 느끼고 신중해야 한다고 생각했다.

무슨 이야기를 어떻게 할 것인가. 어디에 나의 시선을 둘 것인가.

시간이 흘러 학교에서 아이들을 가르치면서 고민은 더욱더 깊어졌다. 대부분 학창 시절에 배웠던 문학 작품을 강렬하게 기억한다. 수업 시간에 어떤 작가의 무슨 작품을 읽고, 어떤 대화를 나누었느냐가 누군가에게는 평생 기억될 것이다. 교육과정이 정해져 있는 수업은 어쩔 수 없었지만, 방과 후 수업처럼 자유롭게 텍스트를 선택할 수 있는 수업에서 다룰 작품은 심사숙고해서 골랐다.

세상을 사는 방식은 다양하다는 것. 동시대를 살아가는 다른 사람들의 이야기에 귀를 기울일 필요가 있다는 것. 그렇게 고른 작품을 통해 전딜하고 싶은 메시지는 이런 것이었다. 소수점 차이로 등급이 나뉘고 그것이 곧 서열이나 승패로만 기억되는 학교 문화에서 벗어나 스스로 가치를 결정하고 판단할 수 있는 힘을 기르기를 바랐다. 시사 뉴스와 젊은 작가들의 작품을 찾아보고, 그중에서 함께 읽을 만한 것들을 가져와서 다른 위치에 놓인 인물들이 현재를 어떻게 해석하고 있는지 바라보려고 했다. 샬롯 퍼킨스 길먼의 『The Yellow Wallpaper』부터 치마만다 응고지 아디치에의 『Americanah』까지. 아이들은 너무 어렵지 않을까 하는 나의 걱정을 시원하게 날려버렸다. 함께 이야기를 읽으면서 오싹함과 분노와 설렘과 고민을 나누었다. 세상에는 이렇게 조금 다른 시각을 가진 사람도 있다고, 그래도 충분히 괜찮다고 말해주고 싶었다. 실은 그 메시지를 나 자신에게 먼저 들려줘야 했는데.

다시 읽기 시작한 건 그로부터 한참 뒤의 일이다. 학교를 나온 뒤에야, 그제야 정말로 책을 읽기 시작했다. 이번에는 무슨 책을 읽을까? 이런 고민을 하면서 온전히 나를 위한 책을 고르는 건 지금까지와는 다른 이야기의 밤을 준비하는 기분이었다.

처음에는 익숙한 책을 읽었다. 전공 수업에서 탐독했던 고전문학을 수집하듯이 읽어나갔다. 책장에서 가장 잘 보이는 칸에 그런 책들을 모아놓으면 보고만 있어도 배가 불렀다. 그러다 갑자기 페이지를 넘기는 것이 어려운 순간이 찾아왔다. 좋아했던 고전을 다시 읽으면서 멈칫하는 순간이. 작가의 의도에 집중해서 주인공의 이야기만 따라갈 때는 괜찮았다. 그런데 다시 읽으니 자꾸만 주변 인물들이 눈에 밟혔다. 자유를 갈망하고 이상을 좇는 주인공이 자신을 따르는 여성에게 폭력을 가하고. 억압에 저항하고 고뇌하던 인물이 골목길을 방황하다 아무렇지도 않게 성매매를 하고. 아무도 숨기지 않았지만 그냥 지나쳤던 장면을 발견할 때마다 숨을 크게 들이쉬고 잠시 멈춰야 했다. 아무렇지 않았던 것들이 그렇지 않게 되었다.

  자연스레 여성 작가들의 책을 읽기 시작했다. 도서관에 가면 곧장 800번대, 그중에서도 고전문학이 가지런히 꽂혀 있는 서가에서 여성 작가를 찾았다. 한 칸에서 서너 편을 찾으면 많이 찾은 날이었다. 내가 이제야 깨달은 것들을 누군가는 100년 전에도 이야기하고 있었다는 사실이 놀라웠다. 현대 문학 작품들도 찾아보기 시작했다. 읽고, 놀라고, 감탄하고, 길어 다닐 때마다 이야기를 떠올리고, 함께 거론되는 작가를 찾고, 또 읽고, 다시 놀라고. 그런 날들이 이어졌다. 시대와 국가를 뛰어넘는 책을 읽으며 이런 이야기에 얼마나 갈급했는지 깨달았다. 이렇게나 다른 인간이 이렇게나 비슷할 수 있다. 닮은 질문에 매달리고 아파하고 외로워했던 사람들이 어디에나 있다. 포기하지 않고 자신의 이야기를 글로 남겼다. 그건 분명한 메시지였다.

사라지지 말고 끝까지 남아. 네 이야기를 해.

지난날의 나에게 누군가 그 사람 책을 한 번 읽어봐, 라고 말해주는 장면을 상상한다. 상상 속의 나는 그 한마디를 소중히 간직한 채 도서관으로 달려갈 것이다. 서가를 헤매며 그 작가의 책 중 하나를 꺼내 들고 읽기 시작했다가 홀린 듯 끝까지 다 읽고는, 같은 작가의 다른 책을 여러 권 대출해서 차례대로 읽어나갈 것이다. 인터넷에서 작가의 이름을 검색하고 그의 삶과 작품의 연결점을 더듬어나갈 것이다. 그러다 다른 작가의 이름을 찾고 역시 차례대로 읽어나갈 것이다. 어딜 가든 가방 한 편에는 소중한 구명줄처럼 읽은 책, 또는 읽을 책 한 권을 품고 다닐 것이다. 누군가 나의 감각을 의심하게 만든다고 느낄 때 언제든 꺼내 들 수 있는 방패처럼 생각하면서.

인스타그램과 유튜브로 꾸준히 책 이야기를 하고 있다. 읽고 또 읽다가 그냥 흘려보내기 아쉬운 순간을 사진과 글로 적어두게 되었고 그러다가 유튜브 채널까지 만들었다. 채널을 만들고 수십 개의 영상을 올리기까지 쉽지만은 않았지만, 계속할 수 있었던 건 보이지 않는 곳에서 나를 응원해주는 마음들이 있었기 때문이다. 스크롤 한 번으로 스쳐 지나갈 수 있는 피드에서 굳이 멈춰 긴 글을 정독하고 '좋아요'를 눌러주는 마음. 댓글이나 DM으로 공감하는 부분을 여러 문장으로 표현하며 더 보고 싶다고 이야기하는 마음. 아무것도 하지 않는 사람이 되고 싶다고 생각하고 방구석에서 책만 읽고 있던 내가 조금 더 나를 드러내도 되겠다고 마음먹고 〈하루의 책상〉을 시작하기까지는 그런 작은 마음들이 든든한 지지대가 되어주었다.

　　책을 소개하는 영상은 보통 20분 내외. 영상 하나를 위해서 A4용지 네다섯 장의 대본을 쓴다. 노트북을 열고, 텅 빈 백지 위에 안녕하세요, 하루입니다, 라는 인사말을 쓰고. 오늘은 어떤 책 이야기를 할까 고민하다 보면 고등학교 시절 이불에 발을 모아 넣고 친구들에게 들려주던 이야기의 밤이 떠오른다. 그리고 생각한다. 내가 할 수 있는 방식으로 좋아하는 이야기를 응원하자고. 상상 속의 나에게 누군가 다가와 *이 책 한*

번 읽어봐, 하고 건네주었으면 좋았을 거라고 생각하는, 바로 그 책의 이야기를 종이 위에 옮겨 쓴다. 이 책이 사람들에게 기억되었으면 좋겠다. 아직 읽어보지 못한 분에게 가닿으면 좋겠다. 이런 이야기를 쓰는 사람이 잘 되었으면 좋겠다. 그래서 다른 이야기가 세상에 또 나왔으면 좋겠다.

이야기하고 또 이야기해야지.

나와 비슷한 시간을 보내고 있는 이에게 늦지 않게 발견되기를 바라며. 이야기의 밤을 무사히 통과하기를 응원하는 마음으로.

독서기록을 위한 안내서

I.

입문자용 독서노트 준비하기

이제 막 기록을 시작해보려는 기록 입문자라면,

1. 기본 틀을 갖춘 노트 활용하기

    어떤 내용을 기록할 것인지, 어디에 기록할 것인지,
    전체적인 구성을 정해야 하는지, 아니면 마음이
    내키는 대로 기록할 것인지. 하나씩 고민하다 보면
    본격적인 기록을 시작하기 전에 너무 많은 시간과
    에너지가 들어가요. 이미 작성할 양식과 틀이 정해져
    있는 독서노트를 구입해서 일단 한 권을 채워보세요.

2. 타인의 기록 양식 활용하기

    기본적으로 네 가지 항목을 갖춰서 기록하는 걸
    추천합니다.
    - 책 정보(제목, 저자, 출판사)
    - 읽은 날짜(또는 기간)
    - 인상 깊은 문장과 이유
    - 전체적인 감상

3. (온라인보다) 오프라인 매장 이용하기

직접 노트를 만져보고, 펼쳐보고, 종이의 질감을 확인하고, 샘플 노트에 글씨를 쓰고…… 이런 과정을 거쳐 마음이 조금 더 가는, 손에 감기는 노트를 찾을 수 있을 거예요.

4. 적당한 두께감의 노트 사용하기

자신만의 스타일이 자리를 잡기 전까지 기록은 여러 가지 방식으로 변화할 거예요. 처음부터 너무 두꺼운 노트를 준비하는 것보다는 페이지가 적어서 부담 없이 기록할 수 있는 노트를 추천합니다.

think note

독서기록을 할 때 가장 중요한 것은 '쓰기 시작하는 것'입니다. 다른 부분에서 고민할 여지를 줄이고 실제로 쓰기 시작하는 것. 쓰는 데 익숙해지는 것이 중요해요. 그러다 보면 어느 순간 쓰고 싶은 내용이 늘어나고, 내가 원하는 틀을 만들어서 쓰게 될 거예요.

어떤 노트를 골라야 할까?

1. 독서노트의 종류 및 특징

줄글 노트(유선 노트)

일기나 감상문처럼 긴 문장으로 채우기 좋지만 페이지 내 구성을 자유롭게 변경하기는 힘들어요.

그리드(모눈) 노트 / 도트 노트

자유롭게 구획을 정해 기록하려면 추천! 특별히 다른 도구가 없어도 원하는 만큼 정확하게 구획할 수 있고 글씨를 쓸 때도 수평을 맞추기 편해요.

무지 노트

그림 그리기와 꾸미기, 글씨 쓰기 등 무엇이든 가능해서 가장 자유롭게 활용할 수 있어요. 글씨를 쓸 때는 뒷장에 모눈이나 줄이 그어진 종이를 끼워 넣고 희미하게 비치는 선을 따라 쓰는 게 좋아요.

2. 종이 사양 및 특징

80g/㎡ 이하

연필은 괜찮지만 일반적인 볼펜으로 기록하면 뒷면에
색상이 비쳐요.

80g/㎡

많이 알려져 있는 몰스킨, 로이텀 노트의 내지가
80g/㎡으로 제작되었어요. 일반적인 펜으로 기록했을
때 뒷면에 눌린 자국이 남고 색상이 살짝 비칩니다.
만년필로 글씨를 쓰면 뒷면에 색상이 확연하게 비쳐서
다음 장에 바로 기록을 이어가기 힘들어요.

100g/㎡ 이상

만년필로 기록해도 뒷면에 잉크가 비치거나 번지지
않아요. 대신 종이가 부드럽게 넘어가기보다 빳빳한
느낌을 줄 수 있습니다.

II.

독서 활동 기록하기

Q. 필사는 어떻게 하나요?

A. '통 필사'를 할지 '부분 필사'를 할지 먼저 생각해봐요.
한 권의 책을 처음부터 끝까지 모두 필사하는 것을
통 필사라고 합니다. 통 필사를 하는 대표적인 이유는
해당 작가의 문장을 닮고 싶어서, 책 한 권에 담긴
정수를 자기만의 방식으로 보존하고 싶어서 등을
떠올릴 수 있어요. 어떤 이유든 통 필사를 하는 과정은
매우 지난하고 그만큼 많은 정성과 애정이 들어가는
일이라서 수련의 방법이라고 생각해요.
부분 필사는 책의 일부 구절만 필사하는 방법입니다.
저는 통 필사를 하지 않고 부분 필사를 합니다. 한 권의
책을 읽는 동안 어떤 식으로든 마음에 파동을 남기는
부분을 표시하며 읽은 뒤, 책을 다 읽고 나서 표시한
부분들만 다시 한번 훑어봐요. 읽을 때는 여러 많은
구절에 표시했더라도 다시 훑어보기를 통해 필사하고
싶은 부분을 10개 내외로 추려냅니다.

추려내는 데는 여러 가지 이유가 있어요. 인상 깊었던 부분을 모두 필사하려고 쓰기 시작했다가 힘들어서 그 과정이 부담스러웠던 적이 있어요. 부정적인 경험이 쌓이면 결국 필사를 안 하게 됩니다. 또한 추려내는 과정은 나의 취향과 생각을 한 번 더 다듬는 기회가 되기도 합니다. 이렇게 추려낸 부분들을 노트에 옮겨쓸 때는 책의 분위기와 느낌에 맞춰 여백의 공간을 꾸미기도 합니다.

Q. 소설을 읽고 나면 어떤 내용을 기록하나요?

A. ①~④의 방법 중에서 원하는 방법을 즉흥적으로 골라서 기록합니다.

① 핵심 내용을 요약한 기록
- 제목, 저자, 출판사
- 읽은 날짜(또는 기간)
- 인상 깊은 문장과 이유,
- 전체적인 감상

② ①의 카테고리 중 남기고 싶은 내용만 기록
- 인상 깊은 문장과 이유만 기록하기, 전체적인

감상만 기록하기 등

③ 좋았던 부분을 필사하기
- 페이지와 문장만 필사하기
- 그 부분을 선택한 이유와 감상도 함께 남기기

④ 표지 그림을 따라 그리기
- 표지 그림을 그대로 따라 그리기
- 기억에 남는 소재와 장면을 그리기
- 표지 그림을 활용해 노트 여백을 꾸미기

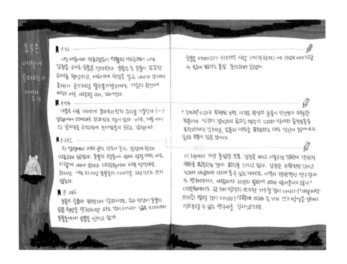

Q. 독서노트 기록을 꾸밀 때 즐겨 쓰는 방법이 있나요?

A. 하나의 페이지를 똑같은 크기와 색상으로 채우기보다
여러 가지 방법을 활용해서 포인트를 만들어주고
채워나가요. 기록할 때 제목이나 중요한 부분에 포인트를
줘서 정리할 때 중요한 부분이 더욱 잘 보여요.

① 테두리 그려 넣기

무지 노트를 즐겨 쓰기 때문에 텅 빈 페이지에
전체적인 틀을 만들어주는 것을 좋아합니다. 마카나
색연필, 마스킹테이프를 활용해서 독서노트의
가장자리에 테두리를 만들어요. 그 뒤에 테두리
안쪽에 글씨를 써 내려가면 잘 정돈된 느낌이 들어요.

② 필기구로 포인트 주기

필기구의 색상, 굵기, 질감, 그리고 기록하는 공간의
여백을 활용해서 포인트를 줄 수 있어요.
본문을 검은 펜으로 적었다면 제목은 다른
색상으로 쓰거나, 같은 색상으로 기록을 한 뒤에
제목에만 색상 펜으로 밑줄을 추가해서 강조할
수 있어요. 만약 본문을 0.3mm 펜으로 적었다면
제목이나 중요한 부분은 0.5~0.8mm 정도의 굵은

펜으로 적어서 포인트를 줄 수 있어요. 본문을
젤펜이나 볼펜으로 작성했다면 강조하고 싶은
부분은 두꺼운 라이너펜으로 적어서 눈에 띄게 만들
수 있고, 같은 필기구를 사용하더라도 글씨의 크기와
여백을 활용해서 원하는 내용을 강조할 수 있어요.

Q. 병렬독서를 할 때는 어떻게 기록하나요?

A. 병렬독서를 할 때는 병렬기록! 노트를 꼭 앞에서부터
뒤로, 페이지 순서대로 써야 한다는 생각에서 벗어나면 더
자유로운 기록 생활이 가능해요.

병렬기록 방법은 간단합니다. 두 권을 읽고 있다면
한 권은 노트의 앞쪽에 기록하면서 읽고, 두
번째 책은 노트의 중간 어디쯤부터 기록하면서
읽어요. 세 권, 네 권을 병렬독서한다면 각각
적당량의 빈 페이지를 넘긴 뒤 기록해요. 때로는
한 권은 앞에서부터, 다른 책은 뒤에서부터
기록하기도 합니다. 이렇게 기록하다 보니 즐겨
쓰는 루틴도 생겼는데요, 새 노트를 쓰기 시작하면
1페이지부터는 시집을 읽은 기록을 남기고,
100페이지부터는 소설, 200페이지부터는 비문학
도서를 읽은 기록을 남기는 거예요.

자유로운 기록 생활을 위한 TIP!

정해진 틀에 끌려다니지 않고 내가 하고 싶은 방식으로, 하고
싶은 만큼 기록하게 되었을 때, 완벽해야 한다는 강박과 내면의
비평가로부터 자유로워졌을 때, 기록하는 과정이 순수하게
즐거워졌고 그제야 기록이 쌓이기 시작했어요.

- 남는 페이지는 붙여버리거나 여백의 미로 남겨두기

  페이지 순서와 상관없이 자유롭게 기록하다 보면 페이지가
  어중간하게 남을 수 있어요. 그럴 때는 양면테이프로 앞뒤
  페이지를 붙여서 한 장으로 만듭니다. 잡지의 일러스트나 엽서,
  좋아하는 그림 등을 붙여서 페이지를 채우는 방법도 있어요.
  반드시 한 권의 노트에 모든 페이지를 꽉 채워서 기록해야 한다는
  생각으로부터 자유로워지면 노트를 채우고 활용할 수 있는 다양한
  가능성이 펼쳐집니다.

- 망한 페이지나 미완성한 페이지는 그대로 두고 다음
  페이지로 넘어가기

  처음부터 끝까지 예쁘게 채우고 싶다는 생각에 발목이 잡혀서
  망한 페이지에서 더 이상 넘어가지 못하고 막힐 때가 많습니다.
  욕심만큼 잘 해내지 못할까 봐 시작도 하지 못하는 상황과

비슷한데요. 이럴 때는 미련을 버리고 다음 페이지로 넘어가야 합니다. 완벽하고 싶은 강박은 때때로 나아가지 못하게 하는 걸림돌이 돼요. 흠집 없이 기록하는 것보다 꾸준히 기록을 누적하는 것이 중요합니다. 기록은 하면 할수록 자기만의 스타일과 노하우가 생겨요.

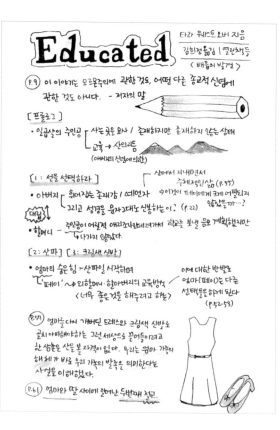

[4: 아파치 여인]
- 이미 오래 전에 결정되어 있던 ····▶ 달라질 수 있을까?
  아파치 여인들의 삶 (P.68)   운명이 다르게 전개될 수도
- 교통사고 (P.70)   있다는 가능성 (희망)은 어디서··?

(P.75) 삶을 이루는 모든 결정들, 사람들이 함께 또는 홀로 내리는 결정들이
  모두 합쳐져서 하나하나의 사건이 생기는 것이다. 셀 수 없이
  많은 모래알들이 한데 뭉쳐 퇴적층을 만들고 바위가 되듯이.

[5: 정적한 경쟁]

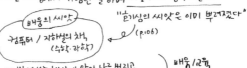

- 대학에 가겠다는 오빠 타일러의 선언 (P.79)
          가족과 잘 맞지 않는, 리듬이 다른 아이· (P.79)

- 여기까지의 나는 이렇기도 하고 저렇기도 한 아이였는데 음악을 듣는
          주변 인물들의 감정과 상황들 잘 알고   고쳐의 시간을
          거기에 맞춰려 하는 편   함께하던 오빠의 가출
                              (P.91) 크게기
                              아버지의
[6: 보호막과 방패]   안경 → 👓 ← 외할머니   안경
                              · 타일러오빠
- 치유 스스로 시작하면서 근육 아사지 (테스트) 안고 행복하게 된 엄마
                         치유의 힘   (P.104)
- 폐철 처리장에서 위험한 일 하며 타일러오빠 생각하는 나

(배움의 씨앗)   "날기심의 씨앗은 이미 뿌려졌다"
 ⇒컴퓨터 / 자하성의 책 ◦ (P.106)
   (수학·과학)
                              배움/교육
 ⇒ 빌려 쓰는 책상에 앉아 나를 버리고
  떠난 오빠를 흉내 내면서 모르던 사상을
  한 부분을 이해해가며 노력한 시간들 끈기.   ★생각

[7: 주님이 마련해 주시리니] →가정의 교육은 언젠가 끝이 난다.
- 루크 오빠 바지에 불 붙은 사건   아버지(홀은어머니)에 의한 교육은
                         결국 자녀들이 떠나면서 끝난다.
                         독립이라면 다양하고 사과과 죽음일수있다

III.

독서 활동 기록하기
– 위클리 및 먼슬리 기록법

위클리 기록 구성

위클리 페이지는 읽은 책에 대해 자세하게 기록하는
공간입니다. 위클리 페이지라고 부르지만 사실상 데일리
기록을 일주일 단위로 묶어서 기록하고 있어요. 제가
주로 활용하는 위클리 기록법을 소개해 드릴게요. 저는
보통 로이텀 도트 노트 기준 가로 7칸, 세로 15칸을 한
칸(하루치)으로 정하고 두 페이지에 2주일씩 기록합니다.
그리고 다음과 같은 방법으로 위클리 페이지를 기록하고
있어요.

① 색상으로 구분하기
　　데일리 한 칸의 상단에는 읽은 책의 표지 색상과
　　비슷한 색상의 5mm 마스킹테이프를 붙입니다.
　　본문을 작성할 때 검은색 젤펜만 사용해서 심플하게
　　기록하기 때문에 마스킹테이프 색상으로 포인드를

줬어요. 한 권의 책을 여러 날 읽을 때는 같은 색
마스킹테이프를 붙여줍니다. 그러면 색상으로 독서의
흐름을 한눈에 파악할 수 있어요.

② 독서량 기록하기

마스킹테이프 아래에 빈 사각형을 그리고, 책의
제목을 적어요. 빈 사각형은 그날 읽은 양을 표시하기
위한 기호예요. 전체 페이지 수에 비교해서 그날 읽은
양만큼 사각형 일부를 까맣게 칠하고, 다음에 또 이
책을 읽었을 때는 조금씩 사각형을 더 채워가는 맛이
있어요.

③ 감상과 느낌 기록하기

제목 아래 남은 공간에 책을 읽으면서 했던 생각과
감상을 메모합니다. 4문장 내외면 충분합니다.
독서 - 전 경험(이 책을 어떤 이유로 읽게 되었는지),
독서 중 경험(읽으면서 인상적인 부분이나 일이
있었다면 어떤 것이었는지), 독서 후 감상과
변화(내용과 관련된 생각, 느낌 또는 이 책을 읽고
나서 관심이 생긴 내용, 다음 독서 계획 등) 중에서
쓰고 싶은 내용으로 자유롭게 채워줍니다. 저는 보통
이 책을 왜 읽게 되었는지를 말해주는 문장 하나,

읽으면서 어떤 느낌이 들었는지를 요약한 문장 둘,
앞으로 어떤 점이 기대되는지 적은 문장 하나, 이런
구성으로 채우는 편이에요.

Q. 위클리 독서기록을 하는 이유가 무엇인가요?

A. 위클리 독서기록은 책을 읽는 과정을 자세하게 들여다볼
수 있는 기록이에요.
똑같이 책 한 권을 완독했더라도 위클리 독서기록을
통해서 한 권을 얼마나 오랫동안 읽었는지, 읽는
과정에서 어려운 점이 무엇이었는지, 읽는 동안 내
마음이 어떻게 변화했는지, 그 책을 읽은 경험이 다음
독서 방향에 어떤 영향을 미쳤는지 등을 알 수 있어요.

Q. 책 읽는 양이 적을 때는 어떻게 기록하나요?

A. 데일리 한 칸은 작은 글씨로 4문장 정도를 쓰면 채울 수
있어요.
기록하는 일이 부담되지 않아야 한다고 생각해서 고민
끝에 결정한 크기입니다. 얼마나 많은 양을 읽었는지,
얼마나 오래 읽었는지는 중요하지 않아요. 만약 책
읽을 시간이 없어서 두 페이지를 겨 우 읽었다면.

① 어떤 하루를 보냈기 때문에 책 읽을 시간이 안 났는지, ② 그럼에도 불구하고 이 책을 펼친 이유가 무엇인지, ③ 단 두 페이지에 적혀 있던 문장 중에서 가장 인상적인 문장이 무엇이고 그것이 왜 인상적이었는지, ④ 다음 내용에 대한 기대나 내일의 독서계획을 적습니다. ①~④까지 한 문장씩만 쓰면 어느새 한 칸이 뚝딱!

Q. 기록할 내용이 하나도 없거나 밀렸을 때는 어떻게 하나요?

A. ① 스티커 붙이기

계절에 어울리는 사진이나 스티커를 붙여서 한 칸을 채웁니다.

② 책 이야기가 아닌 일기 쓰기

날짜에 구애받지 않고 최근 일상에서 있었던 일 또는 최근 떠오르는 생각이나 감정에 대해서 자유롭게 기록할 수 있어요. 평소 다른 칸에 기록할 때는 세로로 글을 쓰다가 독서와 상관없거나 특별한 일상을 기록할 때는 가로로 글을 써서 구분합니다.

③ 자유롭게 채우기

그 외에도 최근에 읽은 책에서 인상 깊은 구절을
필사하기, 마스킹테이프로 한 칸을 채우기 등등
다양한 방법으로 기록하지 않은 칸을 꾸밀 수
있어요.

Q. 매일 기록하기는 힘들 것 같아요. 일주일에 한 번
기록하려면 어떤 내용을 쓰는 게 좋을까요?

A. 데일리 기록을 매일 남기기 힘들다면 일주일 치 기록을 한
페이지에 요약하는 간단한 버전을 추천해요.

① 시간 기록

상단에 기록하는 기간을 표시하고, 그 주에
구매하거나 빌린 책의 목록을 적어요.

② 정보 기록

하단에는 일주일 동안 읽은 책 제목과 저자, 소요
시간, 페이지 등을 기입해요.

③ 느낌 기록

페이지 중앙에는 일주일 동안 책을 읽으며 느낀

점과 떠오른 점을 자유롭게 적어요.

④ 목표 기록

페이지 하단에는 다음 주 독서생활에서 달성하고
싶은 목표를 구체적으로 적어요.

위클리 기록 방법

■ 다정한 서술자

글쓰기·창작에 관한 몇 편의 글과 노벨상 수상소 감문을 읽었다. 어느정도 익숙한 이야기가 많다. 소설 창작과정을 비유에 가깝게 설명하며 신비화 하는 면도 있고. 그러어, 라틴어로 개념을 창조하는 건 어떤 면에서 부럽다. 그래도 다정한 시선이 좋다. 방향성♥

■ 글쓰기의 사다리세기잔

공부모임 때문에 건자 집중, 또 집중해서 읽었다 !! 웹텐 썸수라고 하면 일단 어려워서 겁나는 면 있는데 이 책은 강연록이라 진짜 구어로 망가는 느낌 이라 그런지 조금(아주조금) 편하게 읽을수 있었다. 망자와 꿈, 하방하로 풀어가는 접근방법 마음 에 든다. 계속 공부하자!!

■ 아야이! 문학의비명

어제 읽고 공부한 시간이 좋아서 다음 책을 얼른 꺼내들었다. 어렵다여 N. 어려운데… 근데 재미 있다. 어느정도 내가 달려 들어서 의미를 추출하고 엮어내는 것이 재미있다. 숨어있는 힌트찾아내는 것도 재미있고. 여러겹 의 레이어들 다 알전못해 도 조금씩 이해하는 맛♥

■ 빨

분명히
그때는
는데
렇게 자
라는 연
지고 혀
그림도
낼때
감격하
의 다른

■ 사람들은 죽은유대인을 사랑한다

너무나 강렬한 인트로. 내 안의 망자와 메탁의 명토발견하는 것들이 모두 절 드러난다. 모든 문장 을 훔치고 싶은 느낌. 죽은 유대인들이 등장하는 부분부터는 르포느낌·사 설천달에 접중되지만 아구 빠져들게 되고 이작 가의 글더 보고싶다.

■ 데리다와의 데이트

아야이! 문학의비명 읽다 가 거듭해서 나오는 데리 다가 궁금해서 부랴부랴 책을 찾았다. 어렵지 않 게 잘 설명해주어서, 한데 와 애도(compassion)등 의 개념과 관련된 사유 이해할수 있었다. 데 리다에 관해 더 궁금 한테 짓짜된 책 때이의 많은거? 일단 도서관ㅠ

■ 아야

58쪽까
부분 다시
거부터
런 책은
다이하
의미를
하는데
설감하
만 자
는것이

깊고
싶었던
사이
온이
세 그려
귀인
리츠만
끄ㄴ다
그ㄴ다
없다.

■ 다정한 서술자

독후감 격정 마방 D-DAY.
관심이 있는 주제 위주로
읽고 독후감-에세이-까지
썼다. 올해 토카르추크가
쯤 강력한 여조은 이야기
하는데 문학과 현실을
잇는 연결고리가 꼬ㅁ꼼
단단하다는게 느껴진
다. 세계적인 작가의 강
력한 목소리. 독자의 역할
과 문학의 힘 여기 좋다.

■ 기후에 관한 새로운서선

5월 비밀책으로 받은
도서 읽기. 어제부터 푹우
가 갑자기 심하게 내리
는데 정말 자연환경이
극단적으로 변해가는것
같다. 별 5. 이런 와중에
기후 문제에 관한 책임
어서 좋았다. 그래픽노블
의 매력과 힘도 느낄수
있었다. 때로는 글보다
임팩트가 크게 다가오는.

(세로쓰기 오른쪽) 토카르추크 〈다정한 서술자〉
그래서 이 책을 기회로 너무나 오랜만에 책 한권을 독파해냈다.
무거운 주제들을 다루ㅁ었기에 조금은 어렵기도 (한데) 더 깊이깊이 읽어보고 싶다.
여하튼 다정한 주제들을 이야기 하는 것을 좋아하는
나에게 있어 딱 맞는 책이 아니었나 싶다.

명
싶었던
데이
! 이
있었다고
내고
사유
다른걸
려거
다. 읽
🔲

■ 목욕탕

『용의자의 야간열차』 읽
고 재미있어서 도서관
에서 찾아 읽었는데 읽
다가 봇갈봇ㄴ이 나란스로
확인했다! 야호!!

■ 데리다와의 데이트

한대와 애도 부분 많ㅇ
재미 있는 내용 많ㅇ서
조금 밖 더 읽었다. 너무
간단한 아이디어에서
시작하는 얘기도

(가운데 세로 대사) STAY WARM AND COZY

(말풍선들)
피곤할때는 쉬어야죠!
너무 지당한 말씀...
안쌤, 니가? 데리다
아무래도 안 그래도!
가을을 타나봐요 ㅠㅠ

■ 하루의책상 / 일요독서실 OPEN

5월 첫번째 독서일
라방에서는 『사람들은
죽은 유대인을 사랑한다』
를 완독했다. 한권의
책이지만 챕터별로 내
용이 딱착 있어서 쉽게
읽었다. 그래도 생각
할 부분이 매우X2 많았
던 책. 나중에 재독해
야겠다. 5월 독서일
시작도 GOOD!

먼슬리 기록 구성

먼슬리 페이지는 한 달 동안의 독서생활을 달력 모양으로
정리하는 공간입니다. 두 페이지를 상단의 빈칸과 그 아래
달력 모양으로 나누어서 활용합니다. 저는 주로 다음과
같은 방법으로 먼슬리 페이지를 기록하고 있어요.

① 노트 상단에 기호와 색상의 의미 정리하기
  달력 모양 안에 기록하고 싶은 내용을 기호화해서
  정리합니다. 저는 책의 감상, 장르, 그리고 작가의
  국적을 기록하고 있어요.

② 완독한 책의 권수만큼 책 표지 그려넣기
  책을 완독한 날짜에 책 표지 모양을 그려 넣고, 제목을
  적습니다.

③ 일곱 가지 색상으로 간단한 감상 표시하기
  빨강(재미), 주황(감동), 노랑(개성), 초록(영감),
  파랑(보람), 분홍(정보), 보라(재독희망), 이렇게 일곱
  가지 색상 중에서 책을 읽고 느꼈던 감정에 해당하는
  색상을 제목 아래 표시합니다. 가장 많은 색으로
  표시된 책들이 그달의 '베스트 3'가 됩니다.

④ 책등에 색칠해서 장르 표시하기

편독하지 않고 다양한 분야의 책을 읽기 위해서 한 달 동안 읽은 책의 장르도 표시하고 있어요. 문학 분야는 분홍(국내소설), 하늘(외국소설), 연두(시집), 이렇게 세 가지 색상으로, 나머지는 베이지(에세이)와 연보라(비문학/기타 장르) 색으로 표시해서 총 다섯 가지 장르로 나눴습니다. 완독한 책의 장르에 맞는 색상을 책등에 색칠합니다. 그러면 한 달 동안 읽은 책들이 달력 안에 알록달록하게 정리됩니다.

Q. 먼슬리 기록은 어떻게 활용할 수 있나요?

A. 데일리와 위클리 기록이 독서의 과정을 자세하게 펼쳐놓고 그 속에서 지나칠 수 있었던 작은 부분을 발견하는 확산형 기록이라면, 먼슬리 기록에서는 한 달이라는 정해진 기간의 독서생활을 단순한 형태의 정보로 요약하는 수렴형 기록이에요.

수렴형 기록에서는 한눈에 정보를 확인하기 위해 글씨를 많이 쓰지 않고, 색상과 기호를 적극적으로 활용해요.

이런 정보는 다음 독서생활의 방향을 정하는 데 도움이 됩니다. 혹은 일곱 가지 색상으로 표시한

감상을 보고 전반적인 독서생활의 질을 파악할 수
있어요. 알록달록하게 표시되어 있으면 한 권을
읽었더라도 다양한 면에서 인상 깊었다는 걸 확인할
수 있고, 여러 권을 읽었더라도 특별히 기억에 남는
것이 없을 수도 있거든요.

think note

먼슬리 기록으로 얻은 정보를 바탕으로 다양한 수
렴형 기록을 만들 수 있어요. 매월 완독한 책의 총
권수를 그래프로 기록하기, 분야별 권수를 기록하
기, 매월 인상적이었던 책 BEST 3를 기록하기 등
의 페이지를 만들면 독서생활의 질을 높이는 데 도
움이 됩니다.

BOOKS I READ IN 2022

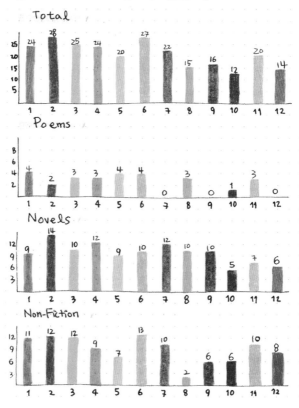

Total

1	2	3	4	5	6	7	8	9	10	11	12
24	28	25	24	20	27	22	15	16	12	20	14

Poems

1	2	3	4	5	6	7	8	9	10	11	12
4	2	3	3	4	4	0	3	0	1	3	0

Novels

1	2	3	4	5	6	7	8	9	10	11	12
9	14	10	12	9	10	12	10	10	5	7	6

Non-Fiction

1	2	3	4	5	6	7	8	9	10	11	12
11	12	12	9	7	13	10	2	6	6	10	8

감상·재미 ■ 감동 ■ 개성 ■ 영감 ■ 보람 ■ 정보 ■ 재독
희망

4 APR

WE ARE ALL IN
THIS TOGETHER

④ 책의 장르

03	04	05	06
너를 혼잣말로 두지 않을게	더 파이브		
10	11	12	13
세상에 없는 나의 기억들	사랑에 대답하는 시	단절	
	18 우리는 아름답게 어긋나지	19 H마트에서 울다	20
24 나를 마릴린 먼로라고하자	25	26	27

① 기호와 색상의 의미 작성

라벨	3	9	3	4	5
	한국소설	외국소설	시집	에세이	비문학+기타

② 완독한 날짜에 책표지 그리기

③ 색상으로 감상 표시하기

01 라비니아	02 회색여인
07 사악한 목소리	08 숨겨진 삶	09 우리 둘이었던 데는 나름의 이유가 있겠지요?
14 그럼에도 여기에서	15 헤밍웨이, 공산의 사유	16 공포, 집, 여성
21	22 1차원이 되고 싶어	23 아무렇지 않다
28 지속가능한 영혼의 이용	29 딸은 애도하지 않는다	30 봄밤이 끝나가요, 때마침 시는 너무 짧고요

IV.

독서 습관 만들기

1. 구체적인 목표 만들기

몰입도 연습이 필요합니다. 책 읽는 습관을 만들고
싶다면 책 읽기에 온전히 집중하는 경험을 조금씩
늘려가는 것이 좋습니다. 구체적이고 작은 목표를
세워서 꾸준히 실천하면서 그것을 일상으로 만들어야
합니다. 예를 들어서 '매일 책 읽기'라는 목표보다 '매일
30분 이상 책 읽기'라는 목표가 더욱 구체적입니다.
'매일 30분 이상 책 읽기'라는 목표보다 '매일 자기 전에
30분 이상 책 읽기'라는 목표가 더욱 구체적입니다.
'어느 시간대에 / 어떤 장소 혹은 상황에서 / 어느 정도의
양 또는 시간을 / 어떤 빈도로' 읽을 것인지, 구체적인
정보를 네 가지 이상 포함시켜서 목표를 정해보세요.

2. 일상 속 행동과 결합하기

책 읽기에만 몰입하는 것이 어렵다면 다른 행동과
책 읽기를 결합하는 방법을 추천합니다. 저는 아침에
일어나면 가장 먼저 고양이 밥을 챙겨주고, 따뜻한

차를 한 잔 내립니다. 그리고 그 차를 마시는 동안 책을 읽어요. 20분 이내의 짧은 시간이지만 '아침 첫 차를 마시는 동안 책 읽기'라는 구체적인 목표를 실천하는 시간이에요. 책을 읽으면서 하루를 시작하면 그날 읽은 책에 대한 생각이 머릿속에 오래 남아요. 대중교통을 이용하는 동안 책 읽기, 산책하는 동안 오디오북 듣기, 이런 식으로 일상에서 정기적으로 실천하는 행동이 무엇인지 찾아보고 그 행동과 책 읽기를 결합시키면 꾸준히 실천할 수 있는 가능성이 높아집니다.

3. 타이머 활용하기

타이머에는 두 가지 장점이 있습니다. 추상적으로 흐르는 시간의 양을 눈으로 확인할 수 있으며, 시간의 일부를 떼어내어 스스로 시작과 끝(마감기한)을 정할 수 있습니다. 30분, 60분, 90분, 시작 버튼을 누른 뒤에는 핸드폰을 보거나 다른 일을 하지 않고 책에만 집중하며 읽어보세요. 일정한 시간 동안 책에만 집중하는 경험이 쌓이면 책에 몰입하는 것이 점점 더 수월해집니다. 처음에는 짧은 단위로 시작해서 점점 늘려보세요.

4. 독서 모임 활용하기

혼자 책 읽기에 몰입하는 것이 힘들다면 다른
사람들과 함께 읽는 것도 도움이 됩니다. 오프라인과
온라인에서 진행되는 독서모임을 알아보고
도전해보세요. 나와 잘 맞는 독서모임을 찾는 것은
쉬운 일은 아닙니다. 진행방식이나 분위기, 진행자나
멤버의 성향 등 독서모임의 만족도에 영향을 미치는
요소는 다양합니다. 누군가에게 좋은 모임이 나에게도
좋다고 확신할 수 없고 결국은 직접 도전하고
시행착오를 거쳐야 나와 잘 맞는 독서모임을 찾을
수 있어요. 같은 책을 함께 읽는 것도 좋지만 같은
시간에 모여서 서로 다른 책을 읽고 헤어지는 모임도
좋습니다. 유튜브 채널 〈하루의 책상〉에서도 한
달에 두세 번 '일요독서실'이라는 이름으로 라이브
방송을 진행하는데요, 방송에 참여하는 분들과 제가
각자 자신이 읽고 싶은 책을 정해 90분 동안 읽는
시간을 가집니다. 그 시간 동안에는 책장 넘기는 소리,
필기구로 무언가 쓰는 소리, 북마크를 붙이는 소리,
차를 마시는 소리만 들릴 뿐 다른 이야기는 하지
않아요. 라이브 방송을 켜고 어떤 책을 읽을지 댓글을
남기는 것 자체가 90분 몰입 독서를 함께 하겠다는
느슨한 약속이라고 생각합니다. 실제로 얼마나

열심히 책을 읽는지는 각자의 양심에 맡기지만 우선
그 시간에 그 공간에서 함께 책을 읽기로 마음먹고
읽기 시작하는 것 자체가 의미 있다고 생각해요.
이것만으로도 혼자 읽기가 덜 외로워지고 이런 시간이
쌓여 책에 몰입하는 습관을 기를 수 있어요.

5. 메모하며 읽기

책을 읽는 동안 밑줄을 긋거나 메모하는 행위는
수동적인 독서 과정을 능동적으로 바꿉니다. 종이
위 수많은 문장 중에서 어느 부분에 밑줄을 그을
것인지, 어느 부분에 메모할 것인지 직접 선택하고
표현해야 하기 때문이에요. 책에 직접 밑줄을 긋고
메모하며 읽어도 좋고, 책과 노트를 동시에 펼쳐놓고
메모하면서 읽는 것도 좋아요. 글씨를 쓸 수 없는
상황이라면 사진을 찍거나 독서 어플리케이션을
활용해보세요. 이런 능동적인 습관을 들이는
것만으로도 책에 훨씬 몰입할 수 있답니다.

V.

SNS로 책 소통하기

1. 콘텐츠처럼 생각하기

콘텐츠를 만들 때 가장 신경 썼던 점은 선택과
집중이었어요. 나는 어떤 특성을 가지고 있는
사람인지, 그리고 콘텐츠를 통해 어떤 메시지를
전달하고 싶은지를 먼저 고민한 뒤, 그런 메시지를
담은 이야기와 정보를 선택하고, 집중해보세요.
선택과 집중은 결국 그 사람이 어떤 시선을 가지고
세상을 바라보는지 보여주는 일이 됩니다.

2. 시각화하기

SNS는 결국 시각 매체입니다. 글이나 목소리를 더할
수 있지만, 보는 이에게 가장 먼저 전달되고 가장
오래 남아 있는 것이 시각적인 자극입니다. 그래서
콘텐츠로 만들고 싶은 내용을 어떻게 시각적으로
보여줄 것인지 고민하는 것도 중요한 과정이에요. 책
사진을 찍는 경우 어떤 구도로 어느 부분을 확대해서
보여줄 것인지, 책 주변으로 보여지는 환경은 어떤

분위기로 구성할 것인지 등을 고려해서 시각 자료를
준비해야 합니다.

3. 이미지로 표현하기

책 이야기를 SNS로 표현하려고 하니 한계가
많았습니다. 저는 문학책을 읽을 때 상상하며
읽기를 좋아하는데, 머릿속으로 상상한 내용을 글과
말로만 전달하려니 답답할 때가 많았어요. 그래서
책을 읽으며 떠오르는 간단한 이미지들을 노트에
그리기 시작했습니다. 그러자 독서노트의 기록이
다채로워졌고 책을 읽는 과정도 훨씬 자유로워졌어요.
표지에 책에서 말하고자 하는 이미지가 압축되어 있는
경우에는 표지 그림을 노트에 따라 그리기도 합니다.

4. 낭독으로 표현하기

흔히 말하는 독서란 눈으로 종이 위의 글자를
따라가며 읽는 묵독을 의미합니다. 그렇지만 어떤
글은 소리 내어 읽을 때 완전히 다른 느낌으로
다가오기도 합니다. 하나의 문장을 읽더라도 듣는
사람에게 잘 전달되기를 바라는 마음을 담아서 낭독을
하다 보면 또박또박, 천천히 그 문장을 읽게 되고 저는
이것이 목소리로 필사하는 과정이라고 생각합니다.

특히 유튜브 콘텐츠를 만들 때는 목소리의 톤과
속도까지 신경써서 전달하려고 노력합니다.

5. 리뷰 쓰기

콘텐츠를 만들 때 자기만의 시선으로 선택과 집중하는
것이 중요한 것처럼, 특정한 개인을 통과해서 나온
리뷰가 의미 있습니다. 누구나 할 수 있는 비슷한
감상을 이야기하기보다 개인적인 감상을 잘
이야기하기 위해서는 책을 읽으면서 어떤 생각이
떠올랐고, 어떤 감정적인 변화를 경험했는지 스스로를
잘 관찰해야 합니다.

하루의 책상

1판 2쇄 펴냄 2024년 6월 24일

지은이 하루
펴낸이 손문경
펴낸곳 아침달

편집 서윤후, 정채영, 이기리
디자인 한유미, 정유경

출판등록 제2013-000289호
주소 04029 서울시 마포구 양화로7길 83(서교동 480-26) 5층
전화 02-3446-5238
팩스 02-3446-5208
전자우편 achimdalbooks@gmail.com

ISBN 979-11-89467-98-2 03810